目には目を

新川帆立

角川書店

目には目を

目次

装丁　bookwall
装画　しらこ

序章　墓地

その人の墓は、池のほとりにあった。

S県T駅から車で十五分、国道を走って森に入る。木々の間をぬうように、急こう配の坂をあがり続けると、急に視界が開けた。右手には公民館が、左手には池が見える。

車を停めて、池のほとりに出た。

水面《みなも》はにごった松葉色をしている。ところどころに青黒いアオコが浮かんでいた。池畔には折れた木の枝や落葉が吹きだまりになっていた。ちょうど紅葉の見頃を終え、あたりの木々の枝ぶりは寂しい。

風が吹いた。きしむ音を立てながら枝が揺れる。くさったような臭いが鼻をついた。もとをたどるように振り返ると、小高い丘の斜面沿いに十数個の墓石が立っていた。

端にある小さい墓、木の枝が伸びて陰になっているところに、少年Aは眠っている。

十八年間の短い生涯の末、彼は何を見たのだろうか。

決して平凡な一生ではなかった。

彼は人を殺し、人に殺された。

墓地の入り口には手押しポンプの井戸があった。井戸端には、柄杓《ひしゃく》と手桶《ておけ》が無造作に転がっている。それぞれ手に取ると、井戸から水を汲《く》みあげて墓地に分け入った。

丁寧に墓の掃除をして花を供える。ロウソクに火をつけ、手を合わせた。

少年Aは、別の少年Xに暴行を加え、死に至らしめた。

傷害致死の疑いで逮捕され、二十日間の勾留《こうりゅう》の末、家庭裁判所に送られた。少年鑑別所に収容され、八週間をすごした。

十六歳以上で犯した故意の犯罪行為で被害者を死亡させた場合、原則として検察官送致（逆送）され、大人と同様の刑事手続の対象となる。

だがAの場合、行為時に十五歳と十カ月だった。

ほんの二カ月の差で、Aは逆送を免れた。

最終的には、第二種少年院送致の審判がくだった。

一年三カ月をN少年院ですごし、十七歳の春に退院した。

少年らの立ち直りを助ける協力雇用主のもと、土木作業員として働き始める。勤務態度は悪かった。遅刻も多く、休みがちだった。

退院後半年が経つ頃には、仕事にまったく出なくなった。寮の部屋で日がな一日、ダラダラとすごしていたらしい。欠勤の連絡すら入れない。雇用主は毎朝Aに電話をして、仕事に出てくるように言った。Ａはいつも「腹が痛い」とか「頭が痛い」などと理由をつけて休もうとした。

欠勤が二カ月ほど続いた日のことだ。雇用主の電話にＡが出ない。ついには欠勤理由すら用意せず仕事を休むようになったかと思い、雇用主は腹を立てながら、寮の部屋を訪ねた。

１Ｋの万年床には、変わり果てたＡの姿があった。

赤黒い血で汚れた布団の上に、Ａの遺体が横たわっていた。胴体部分は、目もあてられないほどのめった刺しだったという。凶器と見られる包丁はすぐ脇に転がっていた。

通報を受けた地元の警察は殺気立った。殺人事件など十数年起きていない地域だ。

幸いなことに、容疑者はすぐに見つかった。

田村美雪《たむらみゆき》という女性が自首したのだ。

美雪は少年Ｘの母だった。我が子を殺したＡに復讐《ふくしゅう》したのである。

犯人の主張は明確だった。いくら十五歳の少年だからといって、人を殺しておいて、少年院に一年三カ月入っただけで許されるのはおかしい。死には死をもって償ってもらう。そのために少年Ａをさがし出し、殺害した――と美雪は語った。

事前に、美雪はインターネット上で少年Ａの情報を集めていた。有益な情報には二百万円の懸賞金を出すと宣言していたこともあり、全国から多くの情報が集まったという。そのなかでも、Ａと同じ時期をＮ少年院ですごした少年Ｂからの情報提供で、Ａの所在を特定することに成功した。

しかし結局、美雪はBに懸賞金を払っていない。犯行後すぐに自首し、そのまま裁判になだれ込んだため、懸賞金の支払いまで手が回らなかったのだろう。そのおかげか、Bが殺人ほう助の罪で処罰されたという話は聞かない。

美雪は裁判で犯行動機を問われると「目には目を、歯には歯を」というハンムラビ法典の有名な一節を引用し、「死には死をもって償ってもらおうと思ったんです」と話した。

彼女の主張は、テレビのワイドショーや週刊誌を中心に、盛んに取りあげられた。被害者遺族が加害者に復讐した稀有《けう》な例として「目には目を事件」と呼ばれるようになる。

美雪に同情する声も多く、減刑を求める署名運動も熱心に行われた。だが当の本人は、厳罰を受ける覚悟があると述べ続けた。

二年後、第一審で検察の求刑通り、無期懲役の判決が出た。美雪は控訴せず、判決は確定した。

判決確定後も、少年法に疑問を呈する声は定期的にあがっている。いわく、少年法の歪《ゆが》みが「目には目を事件」の悲劇を引き起こしたのではないか。悪人を法律できちんと裁いていれば、市民が直接手をくだす事態に陥らなかったのでは。

法律は一体、何のために、誰を守っているのだろう。

少年院は更生のための処遇を行う施設であり、刑罰を科すことは目的とされていない。少年らはまさに少年であるという理由で、罪と罰が免除される。被害者やその家族の傷は癒《い》えることがないのに、加害少年は実名も報道されないまま社会に復帰し、そこかしこで生活している。現状の不当性は盛んに指摘されている。

しかし私の疑問は別のところにあった。

他の多くの少年は罰を受けていないのに、なぜ、少年Aだけが殺されたのか。少年Aは運が悪かったのか。あるいは殺されるだけの事情があったのか。

本書は、「目には目を事件」関係者の証言をもとに、少年法のベールに包まれた事件の真相を解明するものである。

中心となるのは、N少年院でAと生活を共にした五人の元少年らの話である。元少年らを取材の軸にすえたのには、いくつか理由がある。

第一に、同じ時期に同じ年頃で重大な罪を犯したという共通点があるにもかかわらず、一人は殺害され、他の者は社会復帰しているという「差」が明確だからだ。少年らを比べることで、彼らの命運を分けたものは何なのか見極めたいと考えた。

第二に、少年Aが殺害されるにあたって、少年Bによる密告が不可欠だったからだ。少年Bはいわば、同じ釜《かま》の飯を食った仲間を売ったことになる。どうして少年Bはそのような行動をとったのか。少年院での少年らの関係性を詳《つまび》らかにすることで、見えてくるはずだ。

第一章では、N少年院に当初いた三人の少年らに重心をおく。第二章・第三章では、新たに三人が加わった少年院で起きた様々な出来事と、それぞれの退院までの道のりを記した。第四章では、裁判での証言を中心に、少年Aを殺害した美雪の事情を追った。第五章では、これまでの話を受けて、私なりの結論をまとめている。

本書をまとめるのに二年以上の月日を要した。そのためか、各人の話はところどころ食い違い、矛盾を含んでいる。なるべく関係者にも話を聞き、突き合わせながら記しているため、取材の時系列通りの記載ではないことを付言しておく。

「目には目を事件」は、私たち一人一人にごまかしのきかぬ問いを投げかけているように思えてならない。少年による犯罪をどう捉《とら》えるべきか。罪を償うとはどういうことか。

取材を進めるなかで、一つの考えが私の中ではっきりと像を結ぶようになった。

これは、贖罪《しょくざい》と復讐の物語である。

第一章

N少年院ミドリ班の三人

1　大坂将也君（仮名）の話

一見して、笑顔の人懐っこい青年だった。

待ち合わせた喫茶店に入ってくるなり、斜めにかぶった野球帽をちょっと持ちあげて、「すんません、道に迷っちゃって」と頭をさげた。約束の時間を五分すぎていた。

垂れた目尻《めじり》は優しげで、潰《つぶ》れぎみの鼻は愛嬌《あいきょう》がある。万人受けする美男というわけではない。けれども独特の雰囲気があった。真顔になると急に冷たい空気を放つ。かと思うと、ふにゃふにゃっと笑いかけてくる。モデルか舞台俳優のようなオーラがあった。

それもそのはずである。

成育環境について尋ねると、開口一番、彼は言った。

「俺の弟、ちょっと有名な子役だったんすよ。知ってます？　×××っていう」

一時期、誰もがドラマやCMで目にしたであろう子役の名前を口にした。

「驚きました？　でも言われると分かるでしょ。俺、弟と顔、似てますよね。マスクをしてると間違われること、ありますよ。何年か前までは、サインくださいって女の子に声をかけられることもあったなあ。弟のふりしてテキトーにサインしてました。今では弟も引退してすっかり忘れられちゃったけど。はは」

身を乗り出した姿勢のまま、相づちを挟む間も与えないほど、大坂《おおさか》君は話し続けた。

「今年の頭まで少年院にいました。色んなことがあって、マジで楽しかった。楽しいっていうと変に思うかもですけど。でも実際、俺は少年院、行ってよかったって思ってるんです。一生ものの仲間ができたし、院でお世話になった青柳《あおやぎ》主任はホント、恩師って感じで。俺、こう見えて、一本、筋が通ってないと嫌なところがあって。外の世界だと、その筋を通さないやつが多いんです。小器用に、自分だけ得しよう的な？　少年院は、そこんとこ、ビシッとしてるから、俺的にはすごしやすかったっていうか。やっぱり、ビョードーってのが、大事だと思うんです」

彼は「平等」の語尾をことさらに伸ばして、強調するように発音した。

大坂君はH県N市で生まれた。

家電量販店で販売員として働く父、専業主婦の母、一つ下の弟との四人家族だ。

母は近所でも有名な美人だった。幼い頃からバレエ教室に通い、著名な音楽学校に入学した。卒業後は歌劇団で娘役として活躍した。劇場近くの喫茶店でたまたま隣に座った男と意気投合し、交際するうちに子供、大坂君を身ごもった。

「あのときあんたができなかったら今頃」というのが母の口癖である。歌劇団を退団し、子育てに専念するようになる。

大坂君は目立たない子供だった。何かあるとすぐに母親の陰に隠れてしまう。勉強も運動もそこそこの出来だった。苦手なこともないが、得意なこともない。「あんたはお父ちゃんに似て、本当にフツーだね」とよく言われた。

一方、一つ下の弟、優也《ゆうや》（仮名）は顔こそ大坂君と似ていたが、大坂君より華奢《きゃしゃ》で、女の子のように可愛らしい雰囲気があった。かけっこはいつもビリで、転んでは泣いていた。文字を読めるようになるのも遅かった。

だが優也には不思議と華があった。人からの視線を一身に受けることを喜び、堂々と自分を見せる。カメラのレンズを向けると、誰に教わったわけでもないのにポーズをとった。コンビニの店員にも手を振ってニッコリ笑う。幼稚園の先生や母親たちからも、よく可愛がられた。

母親は優也のスター性に期待を託していた。三歳の頃には、モデル事務所に登録して、新聞チラシの広告などに出るようになる。同時に子供演劇教室に通い始めた。

転機となったのは、五歳で出演した朝の連続テレビ小説である。主人公の幼馴染《おさななじみ》役を熱演し、お茶の間をわかせた。一躍時の人となった優也は、自動車にインターネット回線、水道工事、旅行代理店等々、多くのＣＭに出演した。六歳にして、ＣＭ俳優番付の上位に食い込むほどだった。

当時、大坂家の雰囲気は明るかった。母親は派手な服装をするようになる。年末年始は家族でハワイ旅行に行った。家族の中心にはいつも優也がいた。

「嫌な気持ちとか、なかったの？」

大坂君に尋ねると、あっさり「別に」と答えた。

「優也が頑張ってるのは分かってたから、嫌とかは思わなかったです。ただ、あれはダメこれはダメってのが多くて、メンドーだなーってのはありました」

「何がダメと言われてたの？」

「学童のキャンプに参加できなかったり、友達とゲーセンに行くのもダメだったし。外で俺が、優也の評判をさげるかもしれないでしょ。だから、なるべく行事には参加しないで、学校は最低限、授業に出るだけって感じだったんです。小学校の運動会の後、振替休日にみんなでゴミ拾いしようってときも、俺だけ不参加で。つるんでる他の人たちから浮いちゃうし。俺だけ楽してるっつーか、得してるっつーか、ビョードーじゃない感じがするんですよね」

大坂君が「平等」という言葉を口にしたとき、優也との処遇の差に不満があったのかと早合点していた。だが彼は弟や母親を恨むこともなく、むしろ自分が他の子より楽をしていることについて「不平等」と捉えていたようだ。

驚きを隠せないまま「行事に参加したいって、お母さんに言ったことは？」と訊《き》くと、「別に、そういうのは言わないです」と答えた。

「他に、嫌だったことはあった？」

「父親が、あんまし家に帰ってこなくなったことです」

優也が売れ出した頃から、両親の間でいさかいが絶えなかったという。直接的な原因はよく分からない。だが母親は優也のサポートに必死になり、父親に対して「あなたの背があと五センチ高かったら」とか、「もうちょっといいアパートに住んでないと、恰好《かっこう》がつかない」などと、不満を口にするようになった。

きちんと反論できるほど口の達者な父親ではなかった。黙り込んで部屋に閉じこもってしまう。帰宅時間は日に日に遅くなり、次第に、家に帰らない日も増えてきた。

「だらだらーっと一緒に、テレビでプロ野球を観るのが、俺的にはけっこう好きだったんで、それがなくなったのはメンドーだなってか」

「面倒？　寂しいとか、腹が立つとかではなく？」

「あー、だから、なんかモヤモヤした気持ちになるでしょ。一回モヤモヤすると全然収まらないし、すげえ、調子狂うから、そういうのが、メンドーっていうか」

独特の言葉遣いに面食らったが、気持ちが波立つこと自体を面倒と感じるようだ。ネガティブな感情一つ一つを見つめて、分析し、言葉にするようなことはしない。気分転換をして気持ちを持ち直す術《すべ》も知らない。不快感から抜け出せない状態のことを、未整理のまま、「面倒」というボックスに放り込んでいるらしい。

大坂君が非行に走り出したのは、地元の公立中学に進学してからだ。

「地元の奴らがそのまま進む、ふつうの学校。どっちかっつーと、荒れてた」

その頃、優也の芸能活動は低調になっていた。芸能界で男子中学生の活躍の場はそう多くない。優也は新たに劇団に所属して、演技を基礎から学び直していた。高校卒業後に改めて大きな役を狙う算段だった。

優也の仕事が減ったことで世帯収入も減っていた。だが母親の金銭感覚は元に戻らず、分不相応に高級車を購入したり、友人らと海外旅行に出かけたりしていた。父親はもう、ほとんど家に帰ってこない。

母親と事務連絡以外の言葉を交わすこともなくなっていた。母との関係について、大坂君は「別に、何とも思ってなかったです」とあくまで無関心な様子だ。

中学に入ると、先輩たちに可愛がられ、夜遅くまで繁華街で遊び回るようになる。仲間ができた心強さで「一番楽しかった時期」だという。

事件が起きたのは、中学三年のクリスマスの夜だった。

中学を卒業してふらふらしている先輩Fと、その彼女のSさん、隣の中学で同学年のY、大坂君の四人でカラオケに行った。

早々にFとSさんが喧嘩《けんか》を始めた。メールの返信が遅かったとか、他の女の子と遊びに行ったとか、様々な素行を指摘して、SさんはFを責めたらしい。FはSさんに怒鳴った。Sさんは泣きながら帰った。苛立《いらだ》ちを募らせたFがYに対し「誰か呼べよ」と迫る。Yが「面白い奴おるで」と言って呼び出したのが、被害者となる直樹《なおき》君（仮名）だ。

大坂君は直樹君と初対面だった。事件後、警察で知らされるまで、名前も知らなかったという。

「公園に移って、Fさんがそいつに『なんかおもろいことしろや』って言ったんですけど、そいつは『あー』とか『いやー』とか言うだけで何もしなくって。それでFさんはキレ始めて、そいつに蹴《け》りを入れたんです。そいつはヘラヘラしてて、あんまり嫌がってる感じじゃなかった。で、Fさんが『お前、なんで笑ってんだよ。なめてんのか』って、さらにブチギレて。そしたら、俺もなんか、だんだん、そいつに腹が立ってきて」

「F君はなんで怒ったの？」

「そいつがおもろくないからじゃないすか」

「面白くないと腹が立つの？」

「いや、そこらへんはよく分からないですけど」

「分からないのに、大坂君もつられて腹が立ってきたの？」

「んー、まー、Fさんが、怒ると止まらない系の人なんで、合わせとかなきゃなっていう計算もちょっとはあるんですけど。でもそれとは別に、イライラは自然と移るっていうか。Fさんがイライラしてると、俺もイライラしてくるみたいな」

Fに命じられて、まずYが直樹君を殴った。大坂君も「殴んないとビョードーじゃない気がして」、直樹君を殴った。

夜十時すぎ、冬の公園で、直樹君は半裸にされていたという。

Fの彼女、Sさんが再び合流した。痛めつけられた直樹君を見て「やめなよ、もう」と言ったが、Fが「うるせえ」と一喝する。Sさんはそれ以上何も言わず、近くのベンチでスマートフォンをいじっていたという。

殴る蹴るの暴行を続けていると、直樹君がぐったりしてきた。少し不安になった大坂君は直樹君の口元に手のひらをかざし、息があるか確認した。

「息してて、そりゃ、人間そんな簡単にくたばらないよなあって思った」

そこからが凄惨《せいさん》である。直樹君のズボンをおろし、お尻を露出させ、公園に落ちていたシャンメリーの瓶で殴りつけた。「ケツバット」と叫びながら三人は笑い転げた。

「やめてください、もう許してください」

と直樹君は泣いていたという。

「それで、やめようって思わなかったの？」

「いや、別に。何か言ってるなってぐらいで、真剣に聞いてなかったし。遊び半分というか、酷《ひど》いことしてるって感じもあんまりなかったんで」

三人は「プロレスごっこ」と称して、直樹君を投げ飛ばした。ゴムまりのように直樹君の身体が跳ねるのが面白かった。だが何度もやっているうちにプロレスごっこにも飽きてきた。

Sさんが Fに「ねえー、もう帰ろうよー」と言ったのを潮に、FとSさんがどこかへ消えた。しけた空気が流れて、Yや大坂君も家に帰った。

翌朝、直樹君は遺体で発見される。直樹君のスマートフォンには、Yから呼び出されたメールが残っていた。警察はYを任意同行して事情を聴き、その日の午後には、大坂君の家にやってきた。

昼すぎまで寝ていた大坂君は、寝間着姿のまま玄関に出た。

母親は何かのパーティに行っていて、優也は地方公演で不在にしていた。父親は当然のごとく家にいなかった。

警察官の姿を見て、大坂君は「あちゃー」と思ったという。そこから先の流れは「マジで刑事ドラマみたい」だった。

「少年院行きが決まったときは、もう人生終わったなって思った。少年院はヤクザの子分みたいなのがゴロゴロいて、一般人はいじめられるってイメージがあった。ゼツボーって感じだった」

大坂君が逮捕されたことで、弟の優也は芸能界を引退した。今はミナミのホストクラブで働いているという。両親は正式に離婚し、母親は重度のうつ病で入院している。父親はどこで何をしているのか分からない。

「家族には、本当に申し訳ないことをしたと思ってます。特に優也に悪いことをした。優也本人は、『別に気にせんでいい』って言ってくれてるんですけど、あいつは優しいからそう言ってるだけで、心の底では恨んでるだろうし、『ダメな兄貴だな』って呆《あき》れてると思う。それに俺の逮捕後、母親がけっこう暴れたり騒いだりしたらしくて、その世話を全部優也がすることになっちゃって、俺は何もしてやれてなくて。そういうの、何ていうか」

大坂君は言いよどんだ。私が引き取って言った。

「優也君に負担が偏るのは、平等じゃない？」

「そう、ビョードーじゃない」

「お父さんに対して思うことはある？」

「別にないです」大坂君は即答した。「どっかで元気にやってればいいなーくらいには思いますけど。それ以上、何も思わない」

「お母さんに対しては？」

「病気が早く治ってほしいなと思う。じゃないと、優也も大変だし」

「少年院に行って、何か変わったことはある？」

被害者への謝罪の言葉を期待しながら尋ねた。

大坂君は小首をかしげ、数十秒考え込んでから、口を開いた。

「少年院に行く前は正直、かなり、ビビってたんですけど。でも行ってみたら、先生たちは親切だし、周りのやつらも大人しめな人が多くて。運動会とか、ソフトボール大会とか、イベントも色々あった。俺、学校行事にほとんど参加してなかったんで、初めてのことばっかで、けっこう楽しかったっていうか。あと、班で農作業して、できた野菜を売るんですけど、地元の人とかが買いにきて『ありがとう』って言ってくれたんです。なんつーか、俺も役に立つことあるんだなーって思って、それはじーんときた。近くの幼稚園に行って、紙芝居をやったこともあったんです。ちっちゃい子たちが飛んだり跳ねたりして、すっげー可愛かった。で、俺もいつか子供欲しいなー、父親になりてーなーって思うようになった。夢ってほどじゃないけど。将来何したいとか考えたことなかったから。俺的には、それ、けっこうびっくりな変化でした」

「被害者に対して思うことは？」

「被害者？」

大坂君は目を丸くした。何を訊かれたのか分かっていないようだった。

「死亡した直樹君のことだけど」

「あっはい、被害者」

質問の意味を合点したらしい。表情が一瞬だけ明るくなり、すぐに真顔になった。

「被害者の人には、本当に申し訳ないことをしたと思っています。家族もいただろうし、将来の夢とかもあっただろうし、それなのに、取り返しのつかないことをしてしまいました。これから一生かけて償っていかなきゃいけないと思います」

「償いとして、何かやったことはある？」

「いや、特に。そもそも被害者の遺族と連絡をとるのは禁止されているので、何もできることがないというか」

「連絡していいということになったら、連絡する？」

「うーん」大坂君は首をかしげた。「連絡したほうがいいのかもしれないけど、ちょっと怖いってのはあります」

「怖い？」

思わず身を乗り出して訊いた。罪と向き合うことに恐れを感じるのは、贖罪の意識が芽生えているからかもしれない。

だが、大坂君が口にしたのは予想外のことだった。

「あの、先月起きた事件を調べてるんですよね。それで俺の話を聞きにきたって」

うなずいて見せる。

「それじゃ、事件のことは知ってると思うんですけど。被害者遺族が加害者を殺したってやつでしょ。あれと同じように、俺も殺されるかもしれないから」

「だから、被害者遺族と連絡をとるのは怖い、ってこと？」

大坂君は困ったような笑みを浮かべた。潰れぎみの鼻がぴくぴくと動いた。

「あの事件を知って、俺、けっこうびっくりしたんです。殺されたのも、密告したのも、N少年院の第二種出身っていうじゃないですか。一緒にすごしたやつらですよ。他人事《ひとごと》じゃないっていうか。誰が殺されて、誰が密告したんだろうって、今でもたまに考えます。ニュースだと少年Aとか少年Bとしか出ないから」

加害者が未成年の場合、少年法六十一条により、原則として実名報道が禁止されている（なお、少年法上、男女の別なく、未成年者を「少年」と呼ぶ）。一方、未成年の被害者については実名で報道される。しかし今回の事件では、被害者が元加害者であることもあって、実名発表を避けるよう遺族から警察に申し入れがあった。

最終的に警察は、被害者、加害者ともに実名公表を控えることにした。警察の姿勢に対して一部のジャーナリストからは厳しい非難の声があがった。しかし世論はおおむね警察に同調的だった。被害者のみ実名が出ることに疑問を呈する声は、年々高まっていたからだ。

写真週刊誌は加害者、被害者、両名の特定のために調査を進めているというが、今のところまとまった報道は出ていない。

「誰が少年Aで誰が少年Bか、大坂君にも分からないの？」

大坂君はあごに手をあてると、首をかしげた。

「全然分からないです。第二種には六人しかいなかったから、みんな同じ班です。夜、個室に入るまではずーっと一緒にいたんすよ。みんな優しくて、良い奴だったから、密告するような奴、いないと思うけどなあ」

手元のオレンジジュースを引きよせ、一気に飲むと、遠い目をした。

「一時期はすごく仲が良かったし、仲間ができたなって気持ちでした。けど、いざ退院してみると、バラバラになっちゃった。改めて考えると、あいつらのこと何も知らなかったなって思って。お互いに苗字《みょうじ》しか知らないし、どんな犯罪をしたのかとか、知らないんですよ。出身地とか連絡先とか、余計なこと訊いちゃいけない決まりで。会話も最低限だった」

　ハァとため息をつくと、顔をあげ、うすく笑った。

「みんな今頃、元気にしてるといいですけど」

　大坂君はオレンジジュースの代金を一円単位でテーブルにおいた。取材費でまかなえると言っても「いや、悪いんで」と言って、小銭を押しつけてくる。

　二時間近くに及ぶ取材のなかで、大坂君は一度も家族に対する恨みごとを口にしなかった。母親の関心が弟に集中し、父親は家にいない。いびつな成育環境だった。だがそれを感じさせないほどに愛想よく笑う。どこにでもいそうな青年だ。

　少年院は「楽しかった」し、そこで出会った仲間たちは「良い奴だった」と臆面《おくめん》もなく言う。「平等」を重んじ、「面倒」なことを嫌う。父親になるのが夢だという。

　夢は叶《かな》いそうか尋ねると、照れくさそうに鼻の先をこすった。

「実は、彼女が今、妊娠四カ月なんです。籍はまだ入れてないんすけど、ビシッとプロポーズしなきゃなって思ってるんです。今年のクリスマスあたりに」

　被害者の直樹君は、三年前のクリスマスに命を落としている。

　償いは、どう果たされるのだろうか。

2　堂城武史君（仮名）の話

建設会社の休憩室で落ち合った。

堂城《どうじょう》君は土木作業員として働きながら、会社の寮に住んでいる。スマートフォンを持っていないので、連絡をとる手段が限られている。会社を通じて面会を申し込んだところ、社長直々に折り返しの連絡があった。

「こっちは大丈夫ですから、二時間でも、三時間でも、貸し出します。会ってやってください。連れて帰ってもらってても大丈夫です」

と言われ、とんとん拍子に面会が設定された。

あまりに協力的な社長の態度に違和感を抱きながら会社に向かった。後日分かったことだが、堂城君は仕事上のミスが多いせいで、社長を始めとする職場の人間に煙たがられていたらしい。

昼休み明けの休憩室は、汗くさい臭いだけを残して、がらんとしていた。隅におかれた自販機は三分の一ほどが品切れになっている。

堂城君は朴訥《ぼくとつ》とした大男である。聞くと、身長は百八十七センチ、体重は九十五キロあるらしい。筋骨隆々というよりは、堅肥《かたぶと》りしている印象で、縦にも横にも大きい。

ＬＬサイズの灰色の作業服を窮屈そうに着て、背を丸めながら休憩室に入ってきた。

「あっ……ども……」

口ごもるように言って、頭をさげる。右の手先が震えているのが見えた。

「緊張してる？」

「あっ……いっ、いいいやっ……べつに」

大粒の汗が堂城君の額から落ちている。首にさげたタオルでごしごしと顔をぬぐう。力の加減ができないらしく、摩擦で顔が赤くなっていた。

うまく話せず、極端に不器用である。これらの性質に、堂城君の人生は大きく左右されていた。

堂城君はS県O村、山懐に抱かれた集落に生まれた。

体重三千七百グラムの大きな男の子だった。堂城家の遺伝かもしれない。堂城君の父、孝宏《たかひろ》も百八十センチ超の大男である。堂城君も幼い頃から、同じ月齢のどの子よりも大きかった。五歳の頃には、村の子供相撲で見事優勝した。

堂城君が小学校にあがるとき、父の孝宏はT市の運送会社に転職した。堂城君は小学校でなかなか友達ができなかった。勉強にもついていけない。同級生との会話はほとんど嚙《か》み合わなかった。

のちに鑑別所の調査により、IQが76程度であることが分かる。同級生と比べると、精神年齢が数歳離れていたことだろう。話が合わず、クラスで浮くのも当然だった。

だが当時、両親は原因を知る由もない。田舎育ちであるがゆえに、市街地の小学校に馴染めないのだろうと思っていた。身体の大きさを活《い》かして、スポーツをすれば、自然と友達ができるかもしれない。そう考えて、堂城君を野球クラブに入れた。

ところが、堂城君は致命的に不器用だった。バットを思いっきり振って三振する。投げたボールはあさっての方向に飛ぶ。仲間からの投球をキャッチできない。堂城君が守備に立つと、ただのフライがランニングホームランになってしまう。

チームメイトからも対戦相手からも「大きくて、突っ立ってるだけの奴」と思われたのだろう。ついたあだ名が「電柱」だった。子供は残酷なものだ。堂城君は早々に野球クラブをやめた。

「小学校のことで、思い出すことはある?」

なるたけ優しい口調で尋ねると、堂城君は小さい声で「亜紀《あき》ちゃん」と言った。

宮間《みやま》亜紀(仮名)は、堂城家の隣に住んでいた。両親ともに近隣の中学校で教師をしている。年の離れた兄が二人いて、亜紀は末娘だった。

のちに亜紀が語ったことには、「家では子ども扱いされることが多かったので、お姉さんになりたい気持ちが強かった」という。

「武《たけ》ちゃんは同い年で、身体は私よりずっと大きかったけど、頼りないっていうか、おどおどしてて。何かしてあげなきゃって気持ちになるんです、今思うと、お姉さんごっこをしたかっただけなのかもしれません」

亜紀本人は謙遜《けんそん》ぎみにそう語るが、当時の堂城君にとって亜紀は大きな存在だった。

家が隣のため、登校班が一緒だった。最初の一年は別のクラスだったが、二年生にあがるときに同じクラスになった。当時の学級担任の話によると、周囲に馴染めない堂城君への配慮として、亜紀と同じクラスにしてやろうと学級編成会議で決まったのだという。

堂城君は金魚の糞《ふん》のように、亜紀についてまわった。年の離れた兄たちの影響で、亜紀は年齢のわりにませていて、しっかり者だった。学級副委員長と水やり係を兼任したうえで、堂城君と同じ朝のあいさつ係まで務めた。

亜紀は両親が共働きだったので、放課後は隣の堂城家にやってきて、堂城君とよく遊んだ。

小学校二年生から四年生頃まで、堂城君はもっともイキイキしていた。亜紀との間では発語も増え、口ごもることも少なくなっていた。

ところが小学五年生になると、亜紀は中学受験に向けて学習塾に通い始めた。堂城君との接点がだんだん少なくなっていった。

堂城君は家にこもりがちになる。勉強をするわけでも、テレビを観るわけでもない。ぼんやりとネット上のお笑い動画を観る日々だ。

「どこまで内容を分かってるのか、よく分からないんですけど、ジーッと動画を観て、ニタニタ笑ってる。申し訳ないですけど、ちょっと、怖いなって思っちゃうときもありました」

亜紀との精神的な距離は徐々に広がっていったが、小学六年生の夏休みに、関係性が決定的に壊れる出来事が起きる。

「私の家族が一週間、北海道に旅行したときのこと、正直、忘れられません。当時、ピー太《た》というハムスターを飼っていて」

亜紀は言葉を詰まらせた。みるみるうちに目が潤んでいく。

十年近く経った今でも、思い出すと悲しくなるという。

「うちを不在にする間、武ちゃんがピー太を預かってくれるというんです。武ちゃんと二人で、ピー太におやつをあげたり、手に乗せて遊んだりしてたので、ピー太も武ちゃんになついていたし、大丈夫だろうと思って任せました」

最初の二日間は、問題なく世話をした。堂城君は二十分おきにケージをのぞいて、ピー太の様子を確かめていた。

「亜紀ちゃんから預かった、だいじなピー太だったから、だいじにしなきゃいけないと思った」

当時のことを尋ねると、堂城君は震えながら答えた。

「けど、三日目の朝、ピー太をケージから出すと、ぐったりしてた。右の後ろの脚を引きずって歩く感じ。骨折してるかもと思った」

思いあたるふしはなかった。だが、当時の堂城君は力の加減が分からず、クラスメイトから借りた消しゴムを真っ二つに割ってしまったり、筆圧が強すぎて学習プリントを破いてしまったりすることもあった。

「その前の晩、寝る前に、ピー太を手に乗せて遊んでた。そのとき、力を入れすぎたかもと思った。すごく焦って、頭の中が真っ白になった」

ハムスターの骨折は珍しくない。多くの場合、ケージや回し車のすき間に足を挟むような事故が原因だ。散歩中に飼い主に誤って踏まれたり蹴られたりして骨折してしまうこともある。だがいずれにしても、動物病院に連れて行けば、手術やギプス固定を行ったり、自然治癒《ちゆ》を待ったりして、快復が可能だ。

ところが当時の堂城君は、何よりも亜紀への発覚を恐れた。ピー太に怪我をさせたことがバレたら、亜紀に失望され、嫌われると思ったのだ。パニックに陥った堂城君は「ピー太が怪我したことを隠す」ことしか頭になかった。

「ピー太が逃げちゃったことにしようと思った」

力なく、堂城君は語った。

「家の外に出して、どっか行け、どっか行けって、手で押し出した。けど、ピー太は僕になついているから、僕の手にまとわりついてくる。それで、どうしようどうしよう、って焦って」

堂城君は驚くべき行動に出る。まとわりつくピー太を握りつぶし、死骸《しがい》を隣の宮間家の庭に埋めたのだ。埋葬場所に宮間家を選んだのは、「ピー太は亜紀ちゃんの近くにいたいはず」と考えたからだ。

「ピー太がいなくなっちゃった」と両親に話し、一家総出で家の中をさがした。旅行から帰った宮間家にも「ピー太が逃げた」と説明し、平謝りすることになる。宮間家の両親と上の兄二人は「仕方ないこと」と冷静に受け止めていた。

ところが亜紀は大泣きした。

「ピー太、ピー太」と名前を呼びながら近隣をさがし回り、自宅の庭に不審な塚を発見する。掘り起こしてみるとピー太の死骸が出てきた。

この段になって、堂城君はすべてを正直に話した。

「本当にショックでした」亜紀は語る。「武ちゃんは、不器用なところはあるけど、他の男の子みたいに乱暴な言葉遣いもしないし、大人しいし、根の優しい子だと思ってましたから。こんな残酷なことをするなんて、思ってもみなかったんです。もっと大きな事件を起こして、色々あった今でも、武ちゃんのこと、どう捉えていいか分からないんです。武ちゃんは決して許されないことをした。だけど、本当の武ちゃんは優しい子だったとも思うんです。だから、やっぱり武ちゃんが可哀想とも思っちゃうし。どう考えればいいんでしょうかね」

亜紀は私立の女子中学に進学した。兄たちはすでに大学生になっている。宮間家は、両親の職場と亜紀の学校により近いアパートへと引っ越していった。

一方、堂城君は地元の公立中学に進学した。小学校の頃は亜紀がそばにいたことで、いじめられずにすんだ。中学に入ると唯一の味方を失って、友達がいないばかりか、凄絶ないじめを受けることになった。

物がなくなる。上履きに画びょうが入っている。教科書に落書きされる。一人だけ机を脇に退《の》けられる。古典的ないじめのオンパレードだった。

進学した中学校では、いずれか一つの部活に強制加入させられた。堂城君は仕方なしにソフトテニス部に入った。体操服がなくなったせいで、一人だけ学生服で走り込みをしたこともある。部室で服を脱がされて、目を覆いたくなるような動画が撮影され、部員ばかりか学校中で回し見された。

両親は何度も学校にかけあった。だが学校側の対応は「様子を見ましょう」の一点張りだった。学校を休むか、保健室登校にしてはどうかと両親は提案した。だが不思議と、堂城君本人は学校に行きたがった。

「嫌なことも多かったけど、たまに、『武史《たけし》、一緒に飯食おう』とか、誘ってくれたりして、それが嬉《うれ》しかったから、学校に行かないってのも、嫌だった」

だが日頃の学校生活でのストレスは確実に、堂城君の中に蓄積されていた。堂城君は次第に、小さい子供を性的に虐待する動画を観るようになる。小さい子供への興味は日に日に増していった。

「大人の女の人とか、同級生の女の子は、怖い。けど、小さい子なら、怖くない」という理由で、近隣の公園に出かけ、一人遊びをする女の子に声をかけて回るようになる。

「一緒に遊びたかっただけ」と言うが、服の中に手を入れたり、逆に自分の身体を触らせたりもした。

ストレスがたまるたびに、小さい子供を探して歩いた。声をかけると逃げられることもあった。しかしまれについてきてくれる子がいる。

「捕まるとは思わなかったの？」

と訊くと、「二年くらい、やってて、一度も捕まらなかったから、大丈夫かなという感じになっていた」と答えた。

声をかけるときは緊張するが、成功すると、「スカッとして、嫌なことが全部吹っ飛ぶ感じ」だという。

事件が起きたのは中学三年のときだ。

十歳くらいの子供に声をかけて、公衆トイレに連れ込んだ。子供は最初は大人しくしていた。だが、服の中に手を入れようとした途端、「嫌！」と叫んだ。

「おかあさん、おかあさんっ」と声を張りあげたらしい。

堂城君は焦った。とりあえず声を出されるのを止めなくてはと思い、子供の口に手をあてた。無我夢中だったという。気づいたときには、子供は動かなくなっていた。

「司法解剖では、首を絞めた跡があったらしいけど？」

「分からない。声を止めようとしただけ。でも、力が入りすぎたのかも」

会社の休憩室で、堂城君は肩を落として言った。

「本当に可哀想なことをした。どう謝っていいのか、分からない」

被害者の遺族は、二億五千万円の損害賠償を求めて提訴したが、加害者側には支払うだけの資力がない。

3　少年院の暮らし

ここで、少年院での一般的な暮らしを紹介しよう。大坂君や堂城君と同時期にN少年院にいた小堺隼人《こさかいはやと》君（仮名）が詳しく語ってくれた。

小堺君とは、平日の夜にファミリーレストランで待ち合わせた。職場が近いらしい。小堺君の希望がなければ、職場から離れた喫茶店の個室を提案しようと思っていた。だが本人が「ここで」と指定してきたので、あえてこちらからは異を唱えなかった。

小柄で細身の男性だった。現在二十一歳である。去年からシステムエンジニアとして働いている。

きちんとスーツを着て、ネクタイまで締めていた。春にしては蒸し暑い日だった。ラフな恰好をする会社員も多いなか、かしこまりすぎた印象すらある。

ふと、小堺君の左手に目が留まった。

中指にシルバーリングをはめている。細い指に不釣り合いなほど幅が広いものだ。理知的な顔つきやきちんとしたスーツ姿から、リングだけが浮きあがって見えた。

「あっ、これですか?」

小堺君がリングをかざして、手のひら側を見せてくれた。内側の表面にはおどろおどろしいドクロのマークが彫られていた。

「このドクロは、メメント・モリ。死を忘れるな、って意味です。ま、僕もいろいろあったんで。自戒をこめて、という感じですね」

小堺君は十八歳で傷害致死の罪を犯し、N少年院に送られた。

自らの犯罪によって失われた命を忘れまいとするのは立派な心がけだが、リングとして身につけることにはやや引っかかりを覚えた。背負うべき罪すらファッション感覚に捉えていると誤解されかねない。そもそも、男性がスーツを着るときに、結婚指輪以外のアクセサリーをつけることは多くない。

「職場で、その指輪どうしたのと訊かれたら、何と答えてるんですか?」

「いや、普通にファッションで、って。ドクロマークは自分にしか見えませんしね。僕の仕事は基本内勤で、外部の人と会うことはほとんどないんですよ。だから服装のルールもゆるくて、ほとんどスーツは着ないんです。パーカーとか、スウェットでもいいし、髪色も自由です。でも今日はほら、こうして初対面のかたとお話しする予定があったので、一応スーツをと思って」

照れくさそうに笑い、

「すみません。構えすぎましたかね」

と頭をかいた。

律儀さと太々《ふてぶて》しさが同居した不思議な雰囲気である。

「目には目を事件」を調べていて、ミドリ班にいたメンバーから話を聞いていると説明した。

小堺君は「なるほど」と腕を組んだ。

「少年院の生活はどうでしたか?」

まずはざっくりとした質問を投げかけた。小堺君は首をかしげて、「どうってこともないですよ」と答えた。

「少年院の生活は、厳しめの部活の合宿所だと思ってもらえばいいんじゃないですか。僕は帰宅部だったんで、実際の合宿がどんな感じか知りませんけど」

小堺君がN少年院に入ったのは、十二月十日のことだったという。なぜ日付を覚えているかというと、その日が十九歳の誕生日だったからだ。

「朝起きると、鑑別所の職員が『今日、移すぞ』と言ってきました。『十分以内に着替えて、荷物をまとめて出てこい』とも。逮捕されたときに着ていた服は汚れていたし、証拠品として押収されていました。『着替える服がないんすけど』って言ったら、鑑別所の古くなったジャージをくれたんで、それを着ました。荷物は何もありません。コートもなかったんで、外に出た一瞬は寒かったですね」

護送車に乗って、N少年院に向かった。土地勘がないのでどこを走っているか全然分からなかった。住宅街をくねくね入って、坂道をかなりあがっていったという。

「格子のかかった窓から外を見ていると、マフラーを巻いた中学生くらいの女の子とか、ファストフードの袋を持って歩いているおじいちゃんとかいて、『あー生きてる人がいるなー』って思いました。外の世界を見るのが、一カ月ぶりだったんで。普通の暮らしをしてる人ってのが、すごく遠く感じたんですね。もうすぐクリスマスなんだなーとか思って」

敷地の正面にある管理棟は、二階建てで、公民館のような建物だった。入ってすぐのところに円形のホールがあり、左右に廊下が延びている。向かって右手の廊下を進んで、手前から二つ目の面接室に小堺君は通された。

「寮主任の青柳とは、このとき初めて会いました。紺色の制服を着ている三十代半ばくらいの男の人です。警察官っぽい雰囲気っていうんですかね。体育会系で、熱血な香りがしたんで、正直なところ、苦手なタイプだなってのが第一印象。同じ班だったメンバーに会ったのもそのときが初めてです。えーっと、名前は……」

こめかみに手をあてて首をかしげる。

「すごく大柄な少年。青柳主任が連れてきたんですよ。近くで見ると幼い顔つきだったんで、もしかすると僕より年下だったのかもしれないですけど」

「堂城君では？」

「あ、そうそう、堂城って名前でした」

別の地域で捕まったため、お互いに初対面だったという。

「正直言うと、パッと見て、なんか気持ち悪い奴だなーって思いました。大きい背中を丸めていて、どことなく陰気というか。まー、悪い人じゃないのかもしれないけど。いかにも学校でいじめられてそうな感じだなと思って。あと隣にいると汗くさかったですね」

　顔をしかめながら話しているが、さして興味はなさそうな様子だ。案の定、入院日の話にすぐ戻った。

「同じ日に二人が入るってのは珍しいみたいです。『説明が一回ですむからいいわ』って青柳主任は言ってました。僕たちはそれぞれ一人掛けのソファに座って、青柳主任から事務的な話を聞きました。寮の規則とか、そういうのです」

　少年同士の私語は禁止されている。出身地や下の名前、犯した罪を訊くのも禁止だ。あだ名で呼ぶのも禁止である。必ず「〇〇君」と苗字で呼ぶように、と言われたという。下の名前は互いに知らされていない。

　少年たちは胸にネームプレートをつける。挟んで留めるクリップ式で、苗字だけ書いてある。小堺君が渡されたプレートのまわりには赤いラインが入っていた。

　少年院の少年らには等級がある。赤色のプレートをつけるのは一番下の三級。二級にあがったら黄色、一級になったら青色のプレートに替わる。一級の課程を終えて、さらに身元引受人ができたら、退院できるという仕組みだ。

　言い渡されている在院期間はそれぞれある。だが、なかなか進級できなかったり、身元引受人が見つからなかったりして、退院が延びる場合もある。通常おおむね一年ほどで退院できるが、二年、三年と出られない人もいるという。

「まずは二カ月、ワカクサ寮に入って、オリエンテーション的なことをします。個別面接とか、集団行動訓練とか、集団生活に慣れていくためのプログラムですね。それが順調に終わったら、二級にあがって、集団生活に移りました」

　小堺君は少年院の仕組みを滑らかな口ぶりで語ってくれた。細かい情報も多いのに、整理されていることに驚いた。

「よく覚えてますね」

　素直な感想を口にすると、

「いやいやいや」

と、やや大げさに言いながら顔の前で手を振った。

「別に大したことないですよ」照れたように頭をかいて続けた。「昔から記憶力は良かったんです。でもそのせいで学校でも浮くっていうか。あー、鑑別所でやった知能検査でも、けっこう良いスコアが出てたみたいで、ＩＱもそこそこ高かったみたいですね。知らないですけど。

僕もあえて訊いてないですし」

　こちらから質問を挟もうと口を開いたが、言葉を発する前に小堺君は続けた。

「少年院って、あんまり賢くない子のほうが多いみたいで。だから職員の説明もやたら丁寧なんですよ。聞いてるだけで疲れるし、それはいつもストレスでしたね。ただ、あの日は初日だったし、堂城君もいたし、仕方ないかなって諦《あきら》めていました」

　あからさまにため息をつく。

「少年院に入った日のことはよく覚えていますよ。忘れられないのが辛《つら》いときがありますけど。事務説明が終わると、青柳主任の後ろについて施設内を一周しました」

　記憶力の良さを褒めたことが引き金になったのか、小堺君は寮の様子を事細かに話してくれた。

「N少年院にはいくつか寮があります。一種少年院用の寮が二つ。これは、初犯だったり、微罪だったり、非行の度合いが弱い人たち向けですね。堂城君や僕は二種なんで、それなりに悪さをした人たちってことになります。人数はですねえ、出たり入ったり、変動があるんですけど、一種に二十数人、二種に十人弱で、合計三十人前後かなあって思います」

　こちらに相づちを打つ間も与えないほど、とうとうと話し続ける。

　少年院の仕組みについては、別途の取材を予定していたので小堺君から話を聞く必要はなかった。だが気持ちよく話しているのを止めるのも気がひけて傾聴することにした。

小堺君が話してくれたことを、以下、そのまま掲載する。

一種の寮が二つ、二種の寮が一つあります。二種の寮はミドリ班って呼ばれていました。三つの寮はそれぞれ別の棟に入っていて、渡り廊下で管理棟や体育館とつながってます。

この三つの寮とは別に、単独寮ってのが二棟ある。

単独寮の一階は、謹慎処分を受けた人が入る独房みたいな部屋になってます。その二階部分がワカクサ寮。最初の二カ月の慣らし期間をすごすところです。青柳主任からこういう感じの説明を聞きながら、施設内を案内してもらったんですね。

施設を見て回っているとき、渡り廊下で他の班の少年たちとすれ違いました。職員が一人と、そのうしろに少年が四人。あとから一種の子たちだと分かったんですけど。

彼らは冬なのに白いTシャツと白い短パンをはいてて、ビビりました。全身白で、しかも短パン。膝《ひざ》まである半ズボンじゃないですよ。トランクスくらいの丈しかないんです。

両手を勢いよく振り、膝を腰のあたりまであげて歩いている。隣の人と調子がそろってる。軍隊の行進みたいで、すっごく気味が悪かった。その人たち、みんな坊主頭なんですよ。今どき坊主頭って、ねえ。

そのあと、もう一度管理棟に戻って、面接室があるのとは反対側の廊下に行きました。

視聴覚室や実習室があって、普通の学校の教室っぽかった。医務室もあって、さらに奥には理容室がありました。理容室の前で青柳主任が立ち止まったんで、ゾッとしました。さっきすれ違った人たちの坊主頭が思い浮かんでね。

青柳主任は腰のベルトに引っ掛けた鍵《かぎ》の束を取り出して、理容室を開けた。

「ここで待ってなさい」

と言うと、僕たちを残して部屋から出ていきました。

僕たちは視線を交わしもせずに、それぞれ丸椅子に腰かけました。

堂城君は落ち着きがなくて、所在なげに貧乏ゆすりしてた。知らないところに連れてこられて、飼い主におき去りにされた犬みたいでしたよ。

僕はまあ別に、どうなってもいいやって感じだったんで、けっこう落ち着いていたと思いますけど。でも、坊主頭はちょっとなあ、さすがに無理と思って、テンションはすごくさがってました。ほら僕、頭の後ろの骨が絶壁みたいになってるんで、坊主頭は似合わないんですよ。

五分くらいして、青柳主任が戻ってきました。丸刈りの少年をつれていました。白いTシャツ、白い短パンをはいていた。すれ違った人たちと服装は一緒だけど、さっきの集団にはいなかったなって、すぐ分かりました。

だって明らかにひょろっと脚が長くて、スタイルがいい感じなんですもん。短パンからゴボウみたいな脚が伸びてて、笑っちゃった。顔は別にかっこよくないですよ。けど、妙に落ち着いてるというか、自信満々でウザい感じがしました。

「同じ二種に入ってる大坂君だ。これから大坂君に髪を整えてもらうから」

大坂君は、「主任、二人の散髪をするために、話しかけます」と言った。

何だかわざとらしいなあと思った。でもあとから考えると、少年同士の私語は原則禁止なんですよね。他の少年に話しかけるときは、職員の許可をとることになっていたんです。本当にささいなやり取りなら、勝手に話していても見逃してくれますけど。僕は一人が好きなタイプなんで、他の少年と話すことはほとんどなかったのですが。

いずれにしても、なーんか僕は、大坂君の第一声を聞いて嫌な感じがして。うまく言えないんですけど、主任の視線ばかりを気にしているっていうか。

ディズニーランドにスプラッシュ・マウンテンっていうアトラクションあるでしょ。あれに、図体《ずうたい》がでかくて間抜けなクマが出てくる。あのクマが堂城君。で、クマを上手《うま》いこと使う意地悪なキツネ、あれが大坂君って感じ。

初対面で直感的にそう思ったけど、あながち間違いじゃなかったです。

僕って、鋭いところっていうの？　感じやすいところがあるみたいですね。人には見えないものまで見えちゃうっていうか。生きづらいっすよ。普通の人のふりをするのって、ほんと大変。

大坂君は「このケープをかぶってください」と言って、美容室で使うような白いケープを二つ差し出しました。

大坂君は青柳主任からバリカンを受け取ると、「何ミリくらいにしときますか」と言いました。えっ何ミリくらいがいいんだろ、と思って、答えに迷っていると、青柳主任が「最初だから七ミリくらいにしとくか」と答えた。

僕には訊かれてなかったんだと気づきました。

大坂君の関心は終始職員に向けられていた。職員とか、自分より目上の人に命じられたら、何でもしそう。ヤバいことまでしちゃいそうなタイプですよ。

バリカンを使ったときだって、ちらちらと青柳主任を見るんですよ。それで、「うん、いいな」とか「上手いじゃないか」とか、声をかけてもらってるんです。声をかけられるのを待っている雰囲気がビンビン伝わってきて。おやつをもらおうと飼い主にまとわりつく犬みたいで、すごく可哀想というか、切ない気持ちになりました。

だけど本人はイキイキしていて、楽しそうなんですよ。少年院にきて楽しそうって、どういうことなの、と引いてしまいました。シャバでよっぽど恵まれていなかったのかなあ。こいつイタいなって感じがして。だって白Tシャツに白短パン姿で、バリカンを片手に持ってるんですよ。その状態で楽しそうなのって冷静に考えて滑稽《こっけい》じゃないですか。

三十分もしないうちに堂城君も僕も丸刈りになりました。それから制服と体操服、ジャージ、靴下、下着とか、一式を渡されて、自分の部屋に行った。

そういう支給品、官物っていうんですけど、まー税金だから仕方ないのは分かるけど、さすがにこれはダサいでしょって感じのものばっかりでげんなりしましたね。

寮生活にはすぐに慣れました。したてに出て、周りに合わせておけばいいだけですからね。僕の場合、外の世界でも同じようなものでしたから。

朝七時に起きて、点呼、洗面、清掃。七時半から朝ごはん、九時には朝礼があって、午前中の授業が始まる。十二時に昼ご飯、夕方までまた授業とか、更生プログラムみたいなのをして、十七時に晩御飯。

十七時に晩御飯ってヤバいですよね？　夜中にお腹がぐうぐう鳴ってました。朝七時に起きるとか、前は絶対無理だったのに、六時半くらいには腹が減って目が覚めますからね。

二カ月でワカクサ寮を出て、二種の寮に入りました。

二月中旬でした。暖房がちゃんときいてないので、体育館で進級式をしているときも、寒くてたまらなかった。

堂城君や僕は、三級から二級にあがるってことで、名前を呼ばれて前に出ました。

大坂君は二級のままだけど、清掃活動を人一倍頑張ったとかで、前に呼ばれて、ボールペンをもらってた。どうせまた職員にアピールしまくって、褒めないと気まずい雰囲気をつくって表彰にこぎつけたんだろうなって思いました。

ミドリ班は当時その三人だけでした。

午後はいつも、敷地内にある畑で農作業をさせられました。職業指導という名目でしたけど、正直何それって感じ。農作業のスキル、どこで生かせんの？　農家になれってことですかね。

大坂君は教官が畑を離れたすきに、

「つかさー、堂城君、なんか面白いことやってよ」

とか言って、ダル絡みを始めるんです。堂城君は困ったように頭をかく。どっと汗をかいて、あわあわしてる。それを見て大坂君は大爆笑。

「あれやって、コマネチっての、やって」

堂城君はとまどいながらコマネチをする。大坂君は「うっわ、さむっ。今どき流行《はや》らねーよ」とニヤニヤする。

馬鹿にされているのが分からないのか、堂城君はあいまいに笑う。

めちゃくちゃイライラしました。何が面白いの？　って感じ。大坂君みたいに知能レベルが低い人が日本に沢山いて、そういう人向けにつくられてるから、テレビって面白くないんだなって思い知りました。マジで合わない。

夜の余暇時間になると、それぞれの個室に入れられて、外から施錠されます。部屋の中はベッドと机とつくりつけの棚、テレビと、あとトイレもあります。

正直、家にいたときより快適ですよ。パーソナルスペースに入ってくるうるさい奴がいないから。

でも夜の八時になると、テレビがパッとつくんですよ。九時の就寝までの時間は、テレビを観ていいことになっているんです。チャンネルは職員が勝手に選んで、遠隔操作みたいなので動かしてました。歌番組とか、バラエティとか、そんなのばっか。面白くないんですよね。ネットフリックスか、アマプラか、せめてＷＯＷＯＷくらいは観せてほしいですよ。

僕はテレビの電源を切って、観ないようにしていました。図書室で借りてきた小説を読んですごしました。

大坂君はテレビが好きで、毎日楽しみに観ているようでした。職員の目を盗んで、堂城君に話しかけるんですよ。「昨日のあれウケたよね」とか「あの女芸人、マジでブスだよね」とか。堂城君はどこまで理解してるのか分からないですが、「あー」とか「うん」とか「そうだね」とか答えてる。それなりに楽しそうでした。

その絡みを見て、またダルって思って。

そうそう大坂君って、たまに母親が面会にくるんですよ。二週間に一回、昼すぎの時間ですね。作業を抜けて三十分くらいで戻ってくるんですけど、そのあとが大変。いつも大荒れなんです。

急に「あーっ！　くそっ！」とか叫んで、スコップを振り回したこともありました。堂城君が止めようとしたけど、お尻をスコップでガツンとやられてました。

「ケツバットだわ！」とか言って、大坂君は一人で爆笑してました。

さすがに教官に見つかりました。謹慎処分を受けて、一週間くらい単独寮に入っていました。

それで反省したのか、表立って暴れることはなくなりました。けど、裏でこっそり嫌がらせをするのが上手くなっただけです。母親と会ったあとはいつもそう。教官が離れたすきに「堂城君っていいよねえ、一人っ子なんでしょ。大事に育てられたのに、なんで犯罪とかしちゃうわけ」とか、ネチネチ言う。

僕に対しては何もなかったですよ。こっちも相手にしてなかったし。

ただ、あるミステリー小説を大坂君がしつこく薦めてきたことがありました。僕も根負けして、図書室でその本を借りたんです。未亡人が農薬を使って爺《じい》さんを殺すっていう、すごく陳腐なストーリーでした。その本を読んでよかったのは、農薬って飲むと死ぬんだなって知ったことだけ。つまんなかった。

しかも紙が挟まってて、その紙に『お前も母親関係?』って書いてあって、マジでうざかった。大坂君の字ですよ。お前と一緒にすんなよって思って。もちろん無視しました。大坂君や堂城君がどこでどんな犯罪をしたのか、知らないですよ。二人ともどうせ、ロクなもんじゃないでしょうね。

でも今振り返ると、三人でいた頃はまだ平和でした。一番ダルくなったのは、四月中旬に、新しい人が入ってきてからです。これは話すと長くなります。

あっ、時間ですか?　僕の成育歴も知りたいんですか。それじゃ、あいつの話はまた今度ということで。

4　小堺隼人君（仮名）の話

ここで小堺君自身の略歴を紹介しよう。

小堺君は東京都S区で生まれた。両親と二歳下の妹との四人家族である。五歳になる頃にS県K市に引っ越した。電気機器メーカーに勤める父親の転勤だった。本社近くの研究所でアシスタントリサーチャーをしていたが、K市にある工場の品質管理部門に異動になったのだ。

「結局のところ、うちの親父は左遷されたみたいですね」

悲愴《ひそう》感もなく小堺君は話す。

「親父は高卒なんですよ。母子家庭でお金がなかったから大学に行けなかったらしいです。でも学歴はなくても、地頭は良い人ですよ」

自宅には子供向けの科学読本がずらりと並んでいたという。文字が読めるようになる前から、父親が本を読み聞かせていた。二人で一緒にラジオを分解し、元通りに組み立て直したこともある。

「親父は機械屋ですが、僕はどちらかというと数字に強いタイプでした。自由研究では、十年後の何月何日は何曜日になるかとか、全部計算して。十年後のカレンダーをつくったら、親父は大喜びで、『お前は見込みがあるぞ』と褒めてくれました。だけど学校に出しても全然評価されなかった。『ウサギのための快適なケージづくりの研究』とか、『海に生えているコンブから出汁《だし》はでないのか』とか、いかにも子供って感じのものばかりが褒められて。僕のようなタイプは理解されないって思い知りました。小学校高学年くらいになると、学校の授業は座ってるだけで、高校生向けの科学読本をこっそり読んでましたよ」

「小学生なのに、高校生向けの内容が理解できたんですか？」

驚いて尋ねると、「うーん、まあ、なんとなくだいたいは、って感じです」と頭をかく。

「うちの母親が、持っていって読めってうるさかったんですよ。学校から帰ってくると、『これ読んだ？　どういう内容だった？』って訊いてくる。説明したって母親はどうせ分からないから、いつもテキトーに答えてました。うちの母親も高卒です。しかもデパートの売り子をちょこっとやっただけで親父と結婚した専業主婦。科学のことなんて何にも分かっちゃいないんですよ。漢字も書けないくらいの人」

母親は非常に教育熱心だった。

小堺君に様々な本を読むよう強要したうえに、学校のテストの点数が少しでも落ちると、ヒステリーを起こしたという。

「食器を投げつけてきたり、カーテンを引きちぎったりして暴れることもありました。暴れるのは避《よ》けるから別にいいんですけど、『あんたは私を困らせたくて、わざとサボってるんじゃないの』とか、『そんなに私が憎いのね』とか、ネチネチ言ってくるのがうざかった」

小学校のテストで九十点を下回ると、その日の夕食は抜きだったという。

ママ友たちから情報が共有されているから、返却されたテスト用紙を隠すこともできない。テスト返却翌日には「昨日渡してないものがあるんじゃない？」と声がかかる。そんなときは隠匿の罰として、二日間夕食抜きになるという。

「でも、他の子の親とか先生とかに会うときは、見栄《みえ》を張るんです。『何も言ってないのに、この子は勉強ばっかりして。たまにはお外で遊んでらっしゃいよって勧めるんですけどねえ』って。子供の自慢ばっかりして、本当にみっともない人だなーって小さい頃から思ってました」

母親に見栄を張られると辛いのは理解できる。だが自慢されるぶんには、子供としては嬉しいものではないだろうか。

この点を尋ねると、

「頭が良い人に言われたら嬉しいですけど。うちの母親って頭悪いですすもん。僕が何を言ってるか分かってないくせに、分かってるふりして、表面的なところばっかり自慢する。みっともないですよ」

と冷たく吐き捨てるように言った。

母親が騒ぐから嫌々勉強したという。

小学校の頃は秀才として誰もが一目おく存在だった。

ママ友たちからよく「小堺さんのところは出来が良くって羨《うらや》ましいわ」と言われていた。母親は鼻高々の様子で、「うちの子は勉強以外からきしですから」と応《こた》える。見ていて腹立たしかったという。

小堺君は運動が苦手な子供だった。クラスで一番小柄で、力が弱く、足も遅い。ドッジボールではすぐにあてられる。逆あがりも二重跳びもできなかった。だが抜群に勉強ができたので、からかわれたり、いじめられたりすることもない。平和な学校生活だった。

小学校高学年になると、母親の強い勧めで塾に通うようになる。しかし小堺君はどうしても塾に馴染めず、何度も頼んでやめさせてもらった。

すると母親は個別指導教室や家庭教師を勝手にさがしてきたという。しぶしぶ利用するもやはり馴染めず、苦痛だったという。

中学校に進学してからも成績は良いほうだった。

だが地元の公立校ではなく、進学に力を入れている中高一貫私立学校に通っていたこともあり、周囲のレベルも高かった。徐々に小堺君の順位は低下し、高校二年が終わるころには、学年で中の上くらいの順位に落ち着いていたという。

それでも全国的に見れば優秀なほうである。名門私立大学であれば合格ライン上にいた。

だが母親は、国立大学の受験に固執していたという。

「ちゃんと勉強すれば、国立大学も受かったと思いますよ。でも、もういいやって思いました。

それまで十年近く、ずっと母親の言いなりで、母親の希望を叶えてあげてきたんですよ。これ以上付き合わされるのは嫌だなと思ったんです」

小堺君は受験勉強に身を入れなかったという。出題範囲に含まれる数学ⅢCや原子物理、有機化学は「教科書を一度も開かず、ノー勉でのぞんだ」くらいだ。

小堺君の狙い通り、国立大学の受験は不合格に終わる。

合否の発表があった日、小堺君は母親のヒステリーを覚悟して帰宅した。ところが母親は気を遣うように終始ニコニコしている。

小堺君の好物のローストビーフを用意し、手製のグレービーソースまで添えられていた。冷蔵庫を開けると、デパートの地下で買ったらしい高級プリンが四つ並んでいた。

母親は夕食後、プリンと紅茶をお盆に載せて、リビングルームに運んできた。

そして仔細《しさい》ありげな顔でしみじみと、

「残念だったけど、隼人はよく頑張ってたよ。ダメだったことは仕方ないじゃん」

と慰めてきたという。

その言葉を聞いて、小堺君は我慢の限界に達した。

「頑張ってなんかない！　母さんに何が分かるんだよ」と怒鳴りつけた。

母親はかなりびっくりした様子で「そっか。ごめんごめん」と、とりつくろうように言ったという。

これまで小堺君は一度も母親に向かって大声を出したことがなかった。だが一度声を荒らげると、我慢していたことがせきを切ったようにあふれ出した。

無理に勉強させられるのが嫌でたまらなかったこと、本当はもっと友達と普通に遊んで、普通の学校生活をしたかったこと、毎日本を持たせられるのが苦痛だったこと。ためこんできたうっぷんを一気に吐き出した。

すると母親は「ごめんね」と謝り、さめざめと泣き出した。

「でも隼人のためを思って、やってたことなの。隼人は小さい頃から、運動もできないし、お絵描きも、お歌もダメだった。勉強くらいはできないと……って、お母さん、力んじゃってたの。でも本当は勉強も苦手だったんだね。それなのに、無理をさせてごめん」

その言葉を聞いて、小堺君は「頭が真っ白になるくらい腹が立って」、台所の包丁を手に取った。「もう死んじゃおう」と思ったのだという。

ところが、母親が奇声をあげながら抱きついてきた。互いに「やめて」「離れろよ」「危ないって」「もう、ほっといてくれよ」などと言い合いをしながら、もみ合いになる。そのはずみで、包丁が深く、母親の腹に刺さった。

二人の間に水を打ったような静けさが流れたという。

母親は驚いたように「え？」と言った。手のひらについた自分の血をしげしげと眺めていた。すぐに救急車を呼んだものの、救急搬送中に言った「お母さん、ちょっと寒いみたい」という言葉を最後に意識を失い、二時間後に亡くなった。

死亡当時身に着けていたエプロンには血と紅茶のシミがついていた。事件現場には潰れたプリンが落ちていたという。

享年四十九。

四日後には五十歳になるため、週末は近所のイタリアンレストランが予約してあった。


最初にこの話を小堺君から聞いたとき、唐突な展開に理解が追いつかなかった。

教育熱心な母のもと、嫌々勉強した。本当は遊びたかったのにずっと我慢していた。母親が希望する大学を受験した。それなのに、受験に失敗した途端「無理をさせてごめん」と謝られる。

「どうして落ちたの」と叱責《しっせき》されるほうが気楽かもしれない。「うるせえ」と言って反発して終わりにすることもできるからだ。だが「頑張ってたよ」「仕方ない」と言われると、よりみじめだ。そもそも自ら望んだ道でもないのに、あたかも自分で望んで設定した目標に一歩及ばなかったかのように整理されると、腹立たしく感じるだろう。

しかも、期待をかけてきていた当の母親から「勉強も苦手だったんだね」と言われてしまうと、立つ瀬がない。他に得意なものはなくても、勉強だけはできるということになっていた。勉強についてすら肉親にも見放される。最後のよりどころを失って、茫然《ぼうぜん》としたことだろう。

だがそれで突然、自殺しようと考えるところに飛躍があるように思えた。

こう言ってしまっては何だが、小堺君の話だけでは、世間でもよくある「お受験ママと子供の確執」という域を出ていないように感じた。

話の中でも特に引っかかりを覚えたのが、テストの点数が低いと母親が暴れたり、責めてきたり、食事抜きの罰があったというくだりだ。

より壮絶な虐待が背景にあり、小堺君はかなり追い詰められていたのではないだろうか。だが虐待被害者は虐待の過去について語りたがらないことも多い。実際に経験したことよりも割り引いて話している可能性があると思った。

「どうして自殺しようと思ったの？」と改めて尋ねる。

「だって、そうでもしないと分からないからですよ」小堺君は耳の裏をかきながら言った。

「自殺したら、この子は勉強でこんなに傷ついていたんだって、お母さんに伝わると思った、ということと？」

推測して尋ねると、小堺君は「違うって！」と大声を出した。

ファミリーレストランの隣のボックス席にいる若いカップルが不審そうにこちらを見た。

「なんで、みんな分からないんでしょうね」

小堺君は深々とため息をついた。

「僕みたいな人間は、普通にはなれないし、普通の人のためにつくられた社会では上手くやっていけないんです。僕がもうやっていけないってこと、そのくらい僕は他の人と違うってことをみんなに分からせるために、死ぬ必要があったんです」

「他の人と違うってのは、どういうところが違うの?」

見たところ、小堺君は変人奇人というほどではない。

話していると、やや上から目線で苛立ちやすく、不平不満が多い印象を受ける。だが異常なパーソナリティと言えるほど際立っているかというと、そうでもない。

「だーかーら、何度も言ってるじゃないですか。頭のつくりですよ。世の中は知能レベルが低い人向け、あるいはせいぜい、平均の人向けにつくられてるんです。なんで分かんないかなあ」

自らの知能が高すぎるがゆえに世間に馴染めず、それを苦にして自殺を試み、その末に母親を死なせてしまった、ということらしい。

しかし、のちに小堺君の許可を得て、弁護士から開示をうけた鑑別結果通知書によると、鑑別所で行った知能検査では、小堺君のＩＱは１０６だった。平均か、平均よりやや高い程度である。少年院に入る少年らの中では確かに高いほうだ。だから職員は「高かったよ」と小堺君に伝えたのかもしれない。

客観的に見て、勉強が苦手ということはないが、好成績をとり続けるにはそれなりの努力が必要だっただろう。

母親が遺《のこ》した日記帳には「夜食にミルクティーをつくって出す。隼人はすごくがんばりやさん。誰に似たのかな。お父さんかな」と書いてあったという。国立大学の受験日の前日、死の二週間前の日記だった。

「お母さんのこと、自分の罪のこと、今はどう考えているんですか？」

と尋ねると、小堺君はクールダウンした。

深呼吸を何回か挟み、神妙な顔をして、

「悪いことをしたと思ってます」

声は少し震えていた。皮がむけてひび割れた唇をすぼめて、何かに怯《おび》えるように眉根《まゆね》をよせた。

「すれ違いはあったけど、母さんなりに考えて、僕のために色々してくれてたのに。その気持ちをくんでなかったなって……たまにふっと思い出すんですよね。小さい頃、母さんがパンケーキつくってくれたなとか、一緒に自転車に乗る練習したな、とか。そういうのを思い出した瞬間、うわーっと感情があふれてきて、どうにかなりそうになる。母さんに謝りたい。けど同時に思うんですよね。母さん、どうして僕をもっと普通に産んでくれなかったんだろうって。もっと普通の、良い子だったら、母さんも死なずにすんだのにって」

テーブルの上で、小堺君は左手を握りしめている。中指にはめられた指輪が窮屈そうに顔を出していた。

ドクロマークを握り込みながら、小堺君はしばらく震えていた。

小堺君の場合、本人の認識と現実の差が大きいと感じたため、彼の話に全面的に依拠するのはためらわれた。

そこで小堺君の弁護士を通じて、二歳下の妹、沙希《さき》（仮名）に連絡をとってもらった。交渉の末、現在の居住地や職業について一切訊かないという条件のもと、話を聞かせてもらえることになった。

沙希とは繁華街の中にある喫茶店で待ち合わせた。ほどよく騒がしく、他人の目が気にならない店だった。

「小さい頃の兄は、一人で静かに本を読んでいるタイプでした。私はどちらかというと、友達と遊んで回る感じだったので、兄とは全然話が合わなかったですね」

十九歳という年齢のわりに大人びた風貌《ふうぼう》をしている。センターで分けた長い黒髪を垂らし、化粧はやや濃い。小柄で華奢な背恰好は、小堺君とよく似ていた。

「父と兄は、一緒にいつも何かごそごそやってる感じでした。私が近づいていって手を出そうとすると『あっち行ってろ』とか『お前には分からん』とか言われるんですよ。何かすごそうなことをしてるって雰囲気が漂ってました。でもあとから考えると、あれって別に何もすごくなかったんですけどね。ほら、付録付きの雑誌を定期購読できるやつあるじゃないですか。模型パーツとか、レコードとかついていて、創刊号だけ安いやつ。あれのトランジスタラジオの号とか、無線の号とか、そういう趣味レベルのものをやってただけです。本人たちは、世界の科学の第一線をいってるような顔してましたけど」

小学校にあがる頃には、父は自分の相手をしてくれない人だと認識するようになったという。だからといって別に寂しいとも思っていなかった。母とは友達のような関係ができあがっていたからだ。

「母は怖がりで、繊細で、いつもびくびく怯えていました。だから私が近くにいてどうにかしてあげなきゃって気持ちが強かった。特に、私が小学校低学年の頃には、父が暴れるようになってましたから」

「お父さんが？　小堺君はお母さんが暴れると言ってましたけど？」

と問いただすと、沙希は「ハァ？」と不快そうに声をあげた。

「あの人、まだそんなこと言ってるんですか」

沙希はむすっとした顔で黙りこくった。

つぶらで真っ黒な瞳《ひとみ》がテーブルの角に向けられている。怒りと諦めがせめぎ合っているように見えた。感情の整理がつかない自分自身に対して苛立っているようでもある。

数十秒して、深呼吸をすると顔をあげた。

「暴れるのはいつも父です。兄は小学四年生くらいまではすごく勉強ができて、学年で一番って感じだったんですけど、小学五、六年生くらいになって、周りが塾に行くようになると、どんどん抜かされていったんです」

小堺家の家計に余裕はなかったが、母親がパートに出ることで、小堺君を塾に通わせたという。だが塾に行っても、小堺君の成績が大きくあがることはなかった。むしろ学校以上に各教科の順位や偏差値がはっきりと示されたことで、小堺君は憤慨したという。「あそこは僕に合わない」という理由で、塾に通わなくなる。

母親は慌てて、個別指導教室に通わせてみたり、家庭教師をつけたりした。だがどこに行っても小堺君は「合わない」と言ってやめてしまう。

そのたびに父親が暴れた。子供たちに暴力を振るうことはなかったが、家の中の物を壊したり、母親を怒鳴りつけたりしたという。

「お前のせいだ、お前があの子の才能を潰してるんだ、って。ずっとそればっかり。兄はそれをニヤニヤ嬉しそうに見てるんです。あの目にはゾッとしました」

父親が母親を責めれば責めるほど、小堺君は嬉しそうにしたという。

「母も、そういう兄の視線を感じていたと思います。だからこそ疑心暗鬼になったんです。自分が責められるところを見るために、わざと低い点数をとってるんじゃないか、って」

小堺君も言っていたとおり、母親が、「あんたは私を困らせたくて、わざとサボってるんじゃないの」とか、「そんなに私が憎いのね」といった言葉を口にすることはあったという。だがそれは、詰めよって責めるというより、途方に暮れて泣きながら漏らす感じだったという。

そのたびに沙希がそばについて、母親をなぐさめた。

「母はいつもリビングの隅で膝を抱えて、小さい口を梅干みたいにすぼめて、鼻をひくひくさせながら子供みたいに泣いていました。パニックになって、お皿をひっくり返しちゃったり、カーテンレールの絡まりに苛立ってカーテンを引きちぎったりしたことはありました。でも誰かを脅すために物を壊すような人じゃなかったです。それほどの意気地もない大人しい人でしたし」

父親に責められるのを恐れて、母親は小堺君を厳しく管理しようとした。勉強の進捗《しんちょく》を細かく尋ねたり、勉強になりそうな本を読ませたりした。

「母も好きでやってたわけじゃないと思います。だって私には全然そんなことしませんでしたもん。父は私に無関心でしたから。兄のことになると、父はやたら母を責めるんです」

父親が小堺君自身を責めることはなかった。むしろ非常に甘かったという。

「お前は才能があるのに、周りが才能を理解しないせいで、活躍できてないっていうストーリーに乗せたがるんですよ。父は当時、会社で冷遇されてたんだと思います。自分はひとかどの技術屋のつもりでも、会社からするとただの高卒社員。大卒の文系職員にあごで使われて、あいつは科学のことを何も分かってないから、俺の能力が分からないんだ、って愚痴を言ってました。同じようなストーリーを兄にも背負わせて、再生産してるっていうか、再解釈してるっていうか」

小堺君は中学受験をしたが、第一志望、第二志望は不合格となり、滑り止めで受けていた第三志望の学校に進学することになる。

「第三志望っていっても名門中学ですよ。もとの成績レベルからしたら絶対受からないような学校を、周囲が止めるのも聞かず、第一志望、第二志望にすえていたんです。それでやっぱり不合格になって、また『世間は僕の価値を理解しない』って言い出す。あたり屋みたいなもんです。不幸になるために自分から玉砕しにいってるわけですから。大学受験のときも、どうせ受からないって分かってる国立大学を受けていましたよ」

「お母さんが国立大学にこだわっていた、と聞いたのですが?」

「ハァ?」沙希は頭を抱えた。「兄の中ではそういうことになってるんですか? 逆ですよ。中学受験も大学受験も兄が受けると言ってたんですよ。母は『あんな難しいところ受けて大丈夫なのかしら』って心配してました」

母親が不安がるたびに、小堺君は機嫌を損ねたという。気弱な母親がすぐに謝り、「隼人ならきっと大丈夫。受けてみたら?」と言う。すると小堺君の中では「母親に勧められた」ということになるらしい。

「結局、自分がそんなに頭よくなくて、でも他にこれといった特技もなくて、平凡な人間だってことを受け入れられないんですよ。だから母のせいにしてみたり、世間のせいにしてみたり。そういう他責思考すらありふれていて、ほんと凡人って感じですけど。うちの場合、自分勝手なストーリーを父が積極的につくっちゃってたから、兄はそれに乗っかりやすかったんでしょうね。でも巻き込まれた母や私にしてみれば、すごく迷惑でした。母なんて、そのせいで命まで奪われて、本当に不憫《ふびん》で」

沙希は言葉を詰まらせた。目には涙がたまっていた。

「私の、お母さんでもあるのに」

静かにそう言うと、沙希は片手で乱暴に目をこすった。

事件を契機に、沙希は児童養護施設に引き取られたという。兄が母を死なせ、父は養育に無関心だったからだ。

「それまではお母さんを守らなきゃと思って家出もしなかった。施設に入って、やっとあの家から、父や兄から解放されたって思いました」

父親とは一切連絡をとっていないという。今どこで何をしているのか知らないし、知りたくもない。実家の近くには足を向けないようにしている。

小堺君とも絶縁するつもりでいた。だが、少年院の職員から児童養護施設に連絡があり、「面会はどうしますか」と訊かれた。あれほど小堺君に甘かった父は一度も面会に行っていないらしい。

「それを知って、ちょっとだけ兄を可哀想と思っちゃった。今思うとそのときの自分がバカすぎて嫌になりますけど。兄も反省してるかもしれないと期待して、一度だけ面会に行ったんです。でも面会中、少年院での暮らしについて延々と愚痴を聞かされて。他の少年たちがいかに頭が悪いかって話。全然変わってないじゃんと思って、がっくりきましたよ。しかも兄はなぜか、大坂君って人のことを極端に嫌っていて、その人の悪口ばかり言うんですね。他に言える人がいないから私に言うんでしょうけど。話を聞く限り、そんなに意地悪な人じゃないと思うのに、兄はどうして大坂君を毛嫌いしているのか分かりませんでした。頭が悪い、バカだとばかり」

確かに小堺君の口から大坂君の話はよく出ていた。「知能レベルが低い」とも評していた。

「兄は周りを見くだしてばかりで、反省も成長もしてないんですよ。たまに思うんです。結局、兄が母を死なせたのは、自分のストーリーを完成させるためだったんだろうって」

沙希が指のささくれを見ながら冷ややかに言った。

「天才ゆえに世間から受け入れられない僕、追い詰められた末に母親を死なせてしまう。少年院に行くことになり、さらに社会に馴染めなくなる。重い十字架を背負った僕、みたいな？僕、僕、僕。全部僕なんですよ。僕のためのストーリー」

小堺君の細い指にはめられた大げさなシルバーリングが思い出された。自分にしか見えないドクロマークを、いつまで大事に握りしめて生きていくのだろうか。

第二章

六人の暮らし

1　青柳主任の話

N少年院から車で四十分ほどの個室居酒屋で待ち合わせた。

青柳雅人《まさと》（仮名）は、声を潜めて言った。

「内密にお願いしますよ。本当は院内での話を外でしちゃいけないんです。あなた、えーっと」青柳は机の上の名刺に視線を落とした。「仮谷《かりや》苑子《そのこ》さんでしたね。仮谷さんからの、たっての願いということで、話をさせていただくんです」

取材内容をいずれ一冊の本にまとめることは、この時点では伝えていなかった。信頼関係を深めてから改めて承諾をとるつもりだった。少年院職員の口は堅い。率直な話を伺うためにも、まずはオフレコ前提で話を聞く必要があったのだ。

「もちろんです。少年たちのプライバシーには細心の注意を払っています。事前にお伝えした通り、すべて仮名で話を進めてもらって構いませんので」

と言うと、青柳は安心したように頰をゆるめた。

壁と引き戸で仕切られているタイプの個室居酒屋である。近くの大部屋で宴会をしているようで適度に騒がしい。店員も酒と料理を持ってくるほかは顔を出さない。秘密の話をするのにはうってつけだった。

角刈りの頭をかきながら、青柳は口を開いた。

「私はもう十年以上、少年院で働いています。全国転勤で、色んな少年院に行きました。そのなかでもN少年院というのは比較的非行の度合いが強い子が集まりますから、やんちゃな雰囲気はあります。といっても最近の子は大人しいですね。昔はもっと、ヤクザの下っ端みたいな活《い》きの良い奴がいたもんですが、最近の子は優等生的というか、職員に向かってくるような子は減りましたね」

「あの時期にミドリ班にいた六人もですか？」

「そうです。堂城君はご存じのとおり、身体は大きいですが大人しい子です。大坂君も職員の話をよく聞く素直な子でした。小堺君は、多少反抗的な視線を向けてくることはありました。けど、表立って反論したり、逆らったりはしません」

　用意してきた時系列表を指し示して訊《き》いた。

「大坂君が少年院にきたのが十月。その二カ月後の十二月に、堂城君と小堺君が入院。翌年二月から二人はミドリ班に合流して、三人での暮らしが始まったわけですね？」

　青柳は時系列表をのぞき込み、緩慢な動きでうなずいた。

「そうですね。あと、同じ頃には、別の三人の少年が新しく入院していました。といっても、まずはワカクサ寮に入って集団生活の慣らし訓練があります。彼らが堂城君たちと合流したのは四月頃ですね」

新しく入った三人をそれぞれ、進藤《しんどう》君、岩田《いわた》君、雨宮《あまみや》君と呼ぶことにする。

「この三人が一気に入ったので、少年院のほうでもバタつきました。何しろ、雨宮君は有名人ですからね」

青柳が苦々しい笑みを浮かべた。

確かに当時、雨宮君について連日報道されていた。

彼は十四歳の時、自宅近隣に住む児童を二人殺害した罪に問われていた。世間を震撼《しんかん》させたのは、殺害後の行動だった。被害者二人の遺体をバラバラにし、ガムテープで乱雑につなぎ合わせたものを民家の前においたのだ。

警察に自首したのち「あれは僕の作品」と供述したという。その猟奇的な犯行態様からセンセーショナルに取りあげられていた。

匿名報道が原則であるにもかかわらず、すぐに本名が拡散された。本人が本名でＳＮＳを行っており、ＳＮＳ上に使用した凶器の写真をアップロードしていたためだ。

少年犯罪においてＳＮＳ上での本名さらしはつきものだ。しかし間違った情報も多く含まれている。取材の際の資料として使用することはできない。だが雨宮君に関しては、本人からの情報発信もあって、インターネット上で拡散されている情報も真実らしいものが多く含まれていた。

本人は自らの犯行について「少年犯罪史に残る過去の事件を参考に、自分なりにアレンジを加えた。ただの幼虫だったボクが、蝶《ちょう》になってはばたいた瞬間。」と書き記している。

「雨宮君の犯罪のこと、他の少年は知っているのでしょうか？」

「同じ時期に入ってきた進藤君と岩田君は知っているはずです。外の世界でニュースやネットの情報に触れていたでしょうから。先に少年院に入っていた三人は、夜のニュース番組と新聞しか見ていません。ニュース番組や新聞には本名は出ていませんし、雨宮君があの事件の犯人だというのは、知らなかったでしょう。でも、こういうのはなぜか、少年のあいだで共有されるものです。進藤君や岩田君から他の三人に伝わっていたんじゃないかと思いますよ」

十六歳以上で犯した故意の犯罪行為で被害者を死亡させた場合、検察へ逆送し刑事事件になるのが原則である。だが雨宮君は犯行当時十四歳だった。

数カ月にわたり精神鑑定を行ったものの、異常と呼べるほどのものは見つからなかった。なぜ刑務所に送らないのか、なぜ医療少年院に送らないのかという世間の批判を受けながらも、N少年院に移送された。

「後から入った三人について、それぞれお聞かせ願えますか」

「はあ、いいですけど。本人たちにも話を聞きにいくのですよね？」

運ばれてきた日本酒に口をつけ、疑い深くこちらを見る。

「もちろんです。すでに連絡はとっています」

「それなら、私の話はいいんじゃないですか」

青柳は当初から取材に前向きではなかった。だが何度も頭をさげて、話を聞く機会をもらったのだった。

「お願いします」

と再び頭をさげると、観念したように青柳は口を開いた。

「進藤君は積極的でリーダーシップのある子でした。班に合流して二カ月後の六月にソフトボール大会があったのですが、その練習でも音頭をとることが多かった。農作業でも班員に指示を出していましたね。職員の呼びかけにも一番に手をあげて答えるタイプです」

「岩田君は？」

「彼は在院中、一言も話しませんでした」

「一言も？」

訊き返すと、青柳は渋い顔でうなずいた。

「鑑別所や、審判のときも無言だったそうです。心因性の発声障害だろうと」

筆談は可能だったので、普段は筆談でコミュニケーションをとっていた。毎晩書いて提出する日記には、その日あったことや学んだことを書き連ねていたという。ＩＱも正常値で、精神鑑定上も問題はなかったため、医療少年院には送られなかった。

「雨宮君は、世間では色々と騒がれましたけど、実際にはすごく大人しい内気な感じの子です。人の目を見て話すのが苦手で、声も小さい。運動場でも隅でじっとしているタイプ。これといったトラブルは起こさず、退院していきました」

それぞれの特徴をメモしていると、青柳が遠慮がちに「あのう」と言った。

「仮谷さんは『目には目を事件』を調べているのですよね。殺人犯に告げ口をして事件のきっかけをつくった少年B。彼が誰だか知りたいのでしょう?」

「はい。誰なのか知りたいのと、どうして告げ口をしたのか、その経緯も知りたいです」

「知って、どうするのですか?」

私は答えなかった。青柳は沈黙を答えだと受け取ったらしい。

「まあ、知りたいのでしょう。理解はできます」と言ったうえで、「でも私も少年Bが誰なのか知らないのです。ただ、この子は少年Bではないと言える子が一人だけいますよ」

「誰ですか?」

ボールペンを握り、じっと青柳を見つめた。青柳はこうして情報を共有しているのが気まずいらしく、視線を外しながら言った。

「六人の退院時期を考えれば分かります。退院した順に、大坂君、小堺君、堂城君、岩田君、進藤君、雨宮君です。この中で、少年Bではないと確実に言える人が一人います」

「雨宮君、ですか?」

青柳は薄く笑ってうなずいた。

「そうです。『目には目を事件』が起きたのは、十一月のことでした。雨宮君が退院したのは翌十二月。少年院の中にいたら、告げ口をするのはまず難しい。雨宮君は少年Bではないと分かります」

「他の五人は、十一月より前に退院したのですね？」

念のために訊くと、青柳は小さい声で「はい」と言った。

「私たち職員も、『目には目を事件』には驚いているんです。本当はみんな、良い子なんですよ。そりゃもちろん、犯罪に手を染めてしまったのは間違いない。能力に凹凸があったり、認知に歪《ゆが》みがあったりして、接しにくい子もいます。でもね、みんなまだ、ほんの子供なんですよ。環境さえ整っていれば、非行に走らなかったかもしれない」

こちらの視線に気づいたのか、

「いや、仮谷さんの考えを否定したいわけではありません」

と付け加える。

「ただ、あの中に告げ口をした子がいるなんて、信じられないんです。誰なのか見当もつかない。そもそもね、私ら職員は、少年Aが誰なのかも知らなかったんです。そんなこと、お上は教えてくれませんからね。今回、仮谷さんから連絡を頂いて、教えてもらったことで、初めて知ったんですよ」

青柳は日本酒をあおった。すわった目をして、静かに言った。

「少年A、いや、名前で言いましょう。堂城君が殺されてしまって、残念でなりません」

のちの章で経緯を詳述するが、私は確かな筋から連絡を受けて、堂城君が殺されたと知らされていた。

そして雨宮君は少年Bではない。

となると、告げ口をした少年Bは、大坂君、小堺君、進藤君、岩田君の四人のうち、いずれかということになる。

青柳と二時間にわたり話したが、これ以上の有益な情報は得られなかった。

2　進藤正義君（仮名）の話

進藤君は、黒いベンツに乗って現れた。

集合場所は表参道《おもてさんどう》のオープンテラスだ。路上パーキングメーターにベンツを停め、颯爽《さっそう》とおり立つ。

細いストライプの入ったネイビーのスーツを着ている。身体に合わせてつくりすぎたのか、やや窮屈そうだ。ボトムの丈が短めで、裾《すそ》から浅黒い足首が見えていた。靴下は身に着けていないようだった。

よく日焼けした青年だった。大きい目が白く穴をあけたように顔に浮かび、ぎょろぎょろと動いている。短い髪は金色に染められていた。スーツの上からでも引き締まった体つきがうかがえる。クロヒョウのような俊敏さを全身から漂わせながら、足早にこちらに向かってくる。

「おはようございます！」

かなり大きい声でそう言うので面食らった。

近くでランチプレートを食べている女性二人組も、驚いたようにこちらを振り向いた。進藤君は女性たちの目線を一向に気にとめない様子で、

「お待たせしてしまって、すみません！」

と再び大声で言う。左腕を前に出し腕時計を見ている。腕時計は分かりやすく高価そうな金のロレックスだった。

進藤君がN少年院に入ったのは十九歳のときだ。一年半ほど在院して、退院後一年弱経った今は、二十二歳になっている。

黒光りするベンツと金ぴかのロレックス。あまりに安直な成り金趣味に驚きながらも、

「本日はありがとうございます」

とこちらから頭をさげる。「目には目を事件」について調べているので、在院中の話を聞かせてほしいと改めて説明した。

こちらの勧めにしたがって、進藤君はランチプレートを注文した。

「あっ、ちょっといいっすか」

と言って、出てきたプレートの写真を撮り始めた。さりげなくロレックスが写る画角だ。

「そっちから撮ってもらってもいいですか」

スマートフォンを渡された。ニカッと笑う進藤君に、どことなく違和感を抱いた。不自然なつくり笑顔に見えたのだ。

通常であれば、自己顕示欲のためにこのような写真を撮るのだろう。だが進藤君からギラギラした熱は不思議と感じない。淡々と、必要だからやっているという感じだ。

「この写真はＳＮＳに載せるの？」

「あーはい、一応。俺、会社やってるんで、若い子たちに見せるためにも、羽振りの良い感じにしているんですよ。そうしろってその道の先輩に言われて」

本人もまだ二十二歳だというのに、若い子たちというと何歳を想定しているのか疑問がわく。

「会社、というと？」

「あー、販売系です。化粧品とか、手分けして売ってるんです」白い歯を見せて、爽《さわ》やかな笑みを浮かべた。「販売方法を下の子に教えて、下の子が売ったら、俺にもマージンが入ります。だから俺も下の子を教育しようって本気になりますし。みんなで成長していこうっていう熱い会社です」

進藤君の声は相変わらず大きい。特に「成長」と言うときは、声を張りあげるようだった。近くの席の客たちはちらちらとこちらを見ている。

視線を浴びることを喜んでいるのかとも思ったが、どうも違うらしい。自分の声が大きいこと、周囲から奇異の目で見られていることに気づいていないようだ。

「周りにお客さんがいるんで、声を落として話しましょう」

注意を促すと、一時的には声が小さくなる。だがしばらくすると、またどんどん声が大きくなった。

後日、進藤君の母親から聞いた話によると、進藤君は幼少期から声が大きかったという。

進藤君は、千葉県Y市にある公営団地で生まれた。

母は船橋《ふなばし》の飲み屋で働いていた。店で知り合った男との間に子供を授かった。当時、母はまだ二十一歳だったという。婚姻届は出したものの、結婚はかたちばかりで男はほとんど家にいなかった。進藤君が五歳になる頃には二人は正式に離婚した。以降、進藤君は母親と二人暮らしだ。

進藤君は小さい頃から落ち着きがなく、ひとときもじっとしていなかったという。

「学校とか、座ってないと叩《たた》かれるので、ほんとに地獄でした」

と本人も語っている。

「忘れ物も多くて、よく廊下に立たされて。びしっと立っていられないから、ゆらゆら揺れてると、また怒られて」

そう話しながらも、進藤君は組んだ足を小刻みに動かして貧乏ゆすりをしている。

小学校の頃から、勉強はからきしできなかった。先生には叱られてばかりいたが、不思議と友達は多かったという。

「昔から、おしゃべりするのとか結構好きだったんで、だからでしょうかね」

社交的だったということは、当時の担任の先生も認めている。だが先生によると、進藤君には「虚言癖」があったという。

「なんでそんな嘘をつくのか分からないんですけどね。通学路にある看板が落ちる事故があったとき、看板を蹴《け》っている上級生を目撃したと言ってきました。学校のほうでも調べましたし、看板を設置しているお店のかたにも確認しました。当時としては珍しく防犯カメラがあったので、映像を調べてもらったのですけど、看板を蹴っている児童なんていなかったんです」

他にも、飼育小屋からウサギが逃げだしたとき、逃がした犯人を見たと言ったり、転んでできた肘《ひじ》の傷を同級生に殴られたものと申告したり、様々な虚言があったという。

「最初のうちは、毎回真剣に取り合っていました。けれどもそのうちに誰も相手にしなくなって。オオカミ少年状態ですね。教職員はみんな聞き流しているんです。でも本人は状況に気づかないのか、繰り返し突飛なことを言ってくるんです」

周囲は進藤君の言動に戸惑っていたが、進藤君自身は「子供らしくて楽しかった」少年時代だったと語る。

「中学では、先輩に可愛がってもらいました。同級生の中ではちょっと浮いていたかもしれません。田舎の公立中学だったんで、俺みたいなタイプは馴染《なじ》めないのかなあって思います」

母親は飲み屋で働いていて、明け方まで帰ってこない。進藤君は放課後、ガラの悪い先輩たちとつるむようになる。といっても、進藤君自身の服装は乱れなかったし、髪を染めることもなかった。

同じ団地に住んでいた同級生、戸田《とだ》君（仮名）の話によると、

「不思議な奴ってのが第一印象です。自分の世界があるっていうか。クラスのほかの奴らとも雰囲気が違うし、一緒につるんでいる悪い先輩たちにも染まりきってない。でも結局のところ、先輩たちには利用されているだけだったんでしょうね」

進藤君はたびたび先輩らに呼び出されていたという。ジュースを買ってこいという日もあれば、先輩たちが先にファミリーレストランで飲食をして、その会計のためだけに呼ばれることもあった。母親が多めにお小遣いを渡していたから、他の生徒より懐事情が良かったらしい。傍目《はため》には、不良たちの「お財布」として利用されているように見える。

この点を進藤君に問うと、

「別に俺はいいかなって思ってました」と、ケロリと答える。「先輩たちは金がなくて困ってるみたいだったし、俺で役に立てることがあるなら、してあげたいでしょ」

先輩たちから「危ないバイト」を持ちかけられたのは、進藤君が十四歳のときだ。

制服を着て指定された公園に行き、待っているおばあさんから荷物を受け取るというものだ。

「タケシさんの上司の息子です」と名乗るよう指示を受けていた。

典型的な特殊詐欺の受け子である。

被害者の高齢女性は不審に思い、事前に警察に通報していた。公園に到着して高齢女性に話しかけた進藤君は、張り込んでいた警察官に逮捕された。進藤君の一度目の逮捕である。

逮捕時の取り調べでは「先輩に頼まれたからやった」と答えたという。金に困っていたわけでもない。先輩たちから強く脅された形跡もなかった。

「詐欺だって分からなかったの？」

進藤君は不思議そうに首をかしげた。

「別にそこまで考えてなかったっていうか。頼まれたからやっただけなんですよ。ほんと」

初犯であり、被害者に実害が生じなかったこともあり、不処分で終わった。

ところが進藤君は再び事件を起こす。

中学のプール脇にある女子更衣室に忍び込み、隠しカメラを仕掛けたというものだ。「先輩たちに頼まれて」やったという。

「さすがにこれは、悪いことだと分かっていたよね？」

念を押すように訊くと、進藤君はニヤリと笑って「まあ」と歯切れ悪く答えた。

「先輩は金に困っていて、『売れる映像を何か渡さないと指をつめられちゃう』って相当焦ってる感じでした。だから、助けてあげなきゃと思ったんです」

「でも、着替えの様子を盗撮されたら、同級生の女の子たちは傷つくと思わなかったの？」

「嫌だろうなとは思いましたけど。でも本人たちに気づかれなければ、ないのと同じかなあと思って。だからバレないように細心の注意を払ってやればいいかなって」

進藤君はにやにやしてあごをかいた。

盗撮用のカメラは一週間ごとに交換していたという。三週目に入ったとき、更衣室で着替えをしていた女子生徒がカメラの存在に気づき、教職員に相談した。警察に通報し、警察が映像を調べたところ、進藤君の存在がすぐに浮上した。

というのも、映像記録の冒頭に進藤君の顔が映っていたからだ。レンズの向きを几帳面《きちょうめん》に整えている姿が正面から撮られていた。

さすがに不注意すぎないかと尋ねると、

「でも、カメラがバレるとは思ってなかったんで、俺もびっくりしたっていうか。結果的にバレちゃって、それで同級生たちに悲しい思いをさせて、悪かったなと思います」

盗撮事件をきっかけに六人の女子生徒が学校を休みがちになった。そのうち二人は中学卒業後も家から出られず、高校進学を断念したという。

二度目の非行だったため保護観察処分がくだった。中学は転校して、母親の実家のある関西に引っ越すことになる。

進藤君は「俺は大丈夫」と言って転校せずに元の学校に通い続けようとしていたらしい。被害に遭った女の子たちのことを考えると、顔を合わせないほうがいいと母親が必死に説得して、無理やり転校させた。

ところが引っ越した先で、さらに大きい非行に走ることになる。

進藤君はその土地の悪い先輩たちにすぐに「気に入られた」。夜は先輩たちとつるみ、繁華街を練り歩くようになる。

母親は進藤君が繁華街に行くのを何度も止めたが、聞く耳をもたなかったという。

「あの子は、何を言っても、うん、うんと、聞いているような、聞いていないような態度で。でも実際は聞いていないんです。肝心なことを聞きもらしていて、あれをしておいてとか、これをしないでとか、頼んでいるのに、右から左に抜けていってるみたいで」

ほとほと困りつつも、日頃の仕事の忙しさにかまけて、母親も進藤君を放置するようになる。とはいえ関西にきてからの数年は、先輩たちと遊ぶばかりで、警察の世話になることはなかった。

事件は十八歳の春に起きた。

先輩らと連れ立ってクラブに入り、飲酒をしていたという。酔っぱらった仲間の一人が隣の客と揉《も》め始め、殴り合いの喧嘩《けんか》になった。不運なことに、その客は暴力団関係者だった。

「怪我をしたから、二百万円用意しろって、脅されました」

普通ならまともに相手にしない。脅しがあまりにひどい場合、警察に相談すればよい。だが進藤君は脅しを本気にした。

母の銀行口座から七十万円をおろして、暴力団員に渡した。「これで勘弁してください」と頭をさげたが、もちろん許してもらえるはずもない。むしろ良い金づると見込まれたのか、脅しはさらにひどくなった。悪戯《いたずら》の無言電話がしきりにかかってくるようになったり、学校前で待ち伏せされて「金を払え」と恫喝《どうかつ》されたりした。

とうとう進藤君は、金を調達するため、空き巣に入る計画を立てた。

このときも「バレないようにやればいい」と思ったという。

よく行く繁華街から二筋ずれたところに大きな屋敷があった。植木《うえき》（仮名）という高齢男性が一人で住んでいる。進藤君が仲間から仕入れた話によると、植木は地区会長をしているので、地区会が開かれる毎月第一水曜午後三時から一時間、確実に外出しているらしい。そのタイミングを狙って忍び込もうと考えた。

「しっかり考えた完璧《かんぺき》な計画だ」と思ったという。

家に金目のものがおいてあると知っていたのかと尋ねると、進藤君は不思議そうに目を丸くした。

「えっ、いや、特に考えていませんでしたけど。百坪以上ある大きな家だから、普通、何かあるでしょ」

裏門から敷地内に忍び込んだ。勝手口の鍵《かぎ》はかかっていなかったという。奥の座敷から順番に見て回ったが、大量の新聞紙やトイレットペーパーの買いおき、鮭をくわえた熊の彫り物、箱に入ったままの引き出物等々、雑多な荷物が所狭しとおかれていた。

一つずつ物色して回っているうちに、あっというまに時間がすぎ、植木が帰ってきた。

植木は七十六歳だ。足元はおぼつかないが、頭ははっきりしていた。

前月には喜寿の祝いをした。親戚《しんせき》二十人以上を集めて、趣味のギターを披露した。十二歳になる孫が植木の演奏にあわせて歌うという微笑ましい一幕もあったという。

進藤君が部屋を物色しているのを見て、植木は、

「おい、お前！」

と一喝した。

進藤君は裏口から逃げようとした。だが植木は、どこからともなく出してきた木刀を振り回して進藤君に向かってきた。

植木のあまりの形相に驚き、進藤君は足がすくんだという。植木に追いつかれ、木刀で数回殴打された。

「やめてくださいよ」

どちらが被害者だか分からない声をあげながら、進藤君は逃走した。

植木は警察に通報し、そのとき伝えた背恰好《せかっこう》から、すぐに進藤君は捕まった。罪名は「窃盗未遂」である。

植木に対して暴力を振るったり、脅したりしたわけではなかったので、強盗罪にはならなか

った。植木に怪我を負わせたわけでもないので、強盗致傷罪でもない。

しかし一週間後、警察から事情聴取を受けている最中に、植木は死亡する。心筋梗塞《こうそく》だった。

植木は心理学においては「タイプA行動パターン」と呼ばれる、競争心が強く攻撃的な行動様式を持つ人物で、狭心症や心筋梗塞など虚血性心疾患にかかる可能性が高かったところ、窃盗被害について話しているうちに興奮して、心筋梗塞にみまわれた――と遺族たちは考えている。そのため、大本の原因は進藤君にあるとして、進藤君の罪名を「強盗致死罪」に引きあげるよう署名活動を行った。

三千人を超える署名を家庭裁判所に提出したものの、罪名は「窃盗未遂」のままだった。進藤君の行為と植木の死亡とのあいだの因果関係が弱すぎると判断されたらしい。

だが結果的に被害者が死亡していること、三度目の非行為であることに鑑《かんが》みて、進藤君はN少年院の二種に入るよう審判がくだった。

「俺って、いつも変なことになるんですよねえ」

進藤君がランチプレートのハンバーグを口に入れたまま言う。

「そんなに悪いことはしていないはずなのに、いつも大ごとになって」

口調が軽いことにめまいを覚えながら、

「でも、盗撮も窃盗も悪いことだってのは、間違いないよね?」

と尋ねた。

「そうですけど」進藤君は口を尖《とが》らせた。「もっと残虐なことをする人たちもいるわけじゃないですか。なんで俺ばっかり貧乏くじを引くんだろうって不思議に思います」

「貧乏くじ？」

「だってそうじゃないですか。別に俺は、自分が儲《もう》けようとか思ったことはないんです。先輩が困ってたり、揉めてたりして、それをどうにかしようと思って動いているだけですよ。それなのに、少年院なんかに入れられて」

確かに、過去三件の非行は、いずれも私利私欲目あてではない。他人が引き起こしたトラブルに巻き込まれて違法行為に走っている。だが私利私欲、自分のための犯罪だったほうが理解しやすい。先輩に言われたからとか、先輩が困っていたからといった理由で、これほどまでに様々な非行に走るのが、一般的な感覚では奇妙に感じられる。

進藤君から受ける不思議な印象が腑《ふ》に落ちるようだった。私利私欲や自己顕示のギラギラした感じがまったくない。だからこそ、派手な恰好をしているのに、それが板についておらず、仕方なく着ている衣装のように見える。

自意識が根本的に欠如しているのかもしれないと思った。他人からどう見られるかといった視点がない。だから声も大きい。全体的に深く考えず、行動してしまう。

「少年院、正直、俺にはかなりつらかったです」

進藤君は声量を落とさずに言った。さすがに隣の席の客が「少年院」という言葉に反応して、こちらを振り向く。だが進藤君は気にとめる様子もなく続けた。

「俺、じっとしてるのが苦手だから。プログラムとか授業とか、机の前に座ってなくちゃいけないのはつらくて。あと毎日同じ時間に起きて、みんなと一緒にご飯を食べて、みたいな規則正しい生活？　そういうのも、苦手なんですね。ストレスで、マジで、爆発しそうだった」

本人はそう言うが、青柳主任の話によると、「積極的でリーダーシップのある子」だったという。

「ソフトボール大会の練習や、農作業でも、他のみんなに指示を出してたんでしょ？」

と訊くと、進藤君は本気で驚いたような顔をして、「いやいやいや」と手を振った。

「大したことはしてないです。でも、誰かが困っていると放っておけないっていうか。つい、身体が動いちゃうんですよね。でもそれが非行につながっていたところもあるので、本当によくないと自分でも思うんですが」

照れたように笑うと目を伏せた。

「でも、やっぱり後悔したくないっつーか。誰であっても、困っている人は放っておけないです。俺は」

あたかも「良い話」かのように話している。強い違和感を覚えた。

中学の頃、盗撮被害に遭った女の子のうち一人は、その後拒食症になり、栄養失調で死亡した。植木の遺族たちは進藤君の法的責任を問うべく民事訴訟を提起している。訴訟費用のために、事件現場となった家伝の土地建物を売り払ったという。

彼らこそ「困っている人」であり、困らせているのは進藤君ではないか。そう問いたかったが、進藤君は「そういえば」と別の話を始めた。

「俺が少年院に入ったとき、びっくりなことがあったんです。あのバラバラ殺人事件の犯人、雨宮君って子が、ワカクサ寮で隣の部屋でした。隣に殺人鬼がいるのかと思うと、ちょっと怖かったです」

声が大きいので、思わず「しいー」と口に指をあてて注意する。周りの客だけでなく、オープンテラスの前を通りすぎる人々も、すっかり不審そうな目でこちらを見ている。

「ああ、すみません」進藤君はやっと声を落とした。「雨宮君は俺より二週間くらい早くN少年院にきたみたいですね。線の細い普通の、目立たない子供って感じでした。顔とか真っ白で、無表情で、弱そうな感じの。こんな奴が、死体をバラバラにしたりするのかーと思って、すごく驚いた」

進藤君が入院してさらに二週間後には、岩田君が入ってきたという。それぞれ二カ月程をワカクサ寮ですごし、ミドリ班に合流する。

その年の四月から、六人での寮生活が始まったわけだ。

「毎日、『ホール』って呼ばれる食堂に行って、六人で顔をつきあわせてご飯を食べなくちゃいけません。配膳《はいぜん》当番とか、掃除当番とかもその六人で分担するんです。といっても、分担表みたいなのは職員のほうでつくってくれるんで、俺らは言われた通りにやるだけだし、相談したり話し合ったりはしないんですけど」

規則正しい暮らしが、進藤君には苦痛でならなかったという。

「他の五人は、平気そうだったので、びっくりしました。大坂君っていう、シュッとした感じの子は、なんだか毎日楽しそうで活《い》き活《い》きしてました。変な奴。堂城君はいつも、ぼーっとしてて、指示されたら、しぶしぶ動く感じ。何を考えてるのか全然分からなかった。後からきた岩田君は、ラグビーか何かしてたのかなって感じで、小柄ながら、ゴツゴツした身体の厚みがある子だったんですけど」

言葉を切って、大げさにタメをつくってから、

「なんと、一言も喋《しゃべ》らないんですよ！」

唾《つば》が飛んできそうな勢いで言った。

「やばくないですか？　何カ月も、っていうか、一年以上一緒にいたのかな。それなのに、一度も喋ってるのを見たことない。授業で職員にあてられても黙ってる。病気なんですかね。よく分からないですけどね。雨宮君は、さっきも言った通り、思った以上に普通の、大人しい感じの子。で、あとは小堺君。そうだ小堺君といえば、犬のきららですよ」

急に話が飛ぶので混乱したが、遮らずにそのまま傾聴した。

「そうだ。思い出してきました。少年院でも困ったことがあったんですよ」

進藤君にしては珍しく、声を潜めて言った。

「N少年院ではきららという犬を飼っていたんです。セラピードッグっていうらしいです」

きららというのは、少年らに対するセラピー用の犬らしい。警察犬になる予定で訓練したものの、適性なしということで訓練所に返されたラブラドール・レトリバーを一匹、もらいうけたという。人懐っこくて大人しい雌犬で、「きらら」という名前で少年らだけでなく、職員一同にもかわいがられていた。

少年らの中には、コミュニケーションに問題を抱えた者も多い。人間相手にはスムーズに話ができなくても、犬をかわいがるうちに「可愛い」といった言葉を自然ともらし、職員との会話が弾むようになることもある。

女性職員も一割強いるが、基本的には男ばかりの環境だ。きららは少年らのアイドルのような存在だった。特別に写真を撮ってもらって、自室に飾る者もいたという。

「毎週火曜と木曜の午後、運動の時間に、きららも運動場に出てきていました。そのとき、俺たちもきららと遊んでいいことになっていて。同じ班に、小堺君って子がいて、この子が、結構無愛想なんですね。いつもむすっとしてて。でもきららがいるときは『きらら、可愛いねえ』とか、『おててがふわふわだねえ』とか、聞いているのが恥ずかしくなるくらい、声色を変えた赤ちゃん言葉で話しかけるんです」

改めて青柳主任に確認したところ、小堺君は確かにきららをかわいがっていたようだ。職員に申し出て、日々のエサやり当番を担当したり、定期的にシャンプーをしてやったりしていた。

あるとき、小堺君がきららのシャンプーを終え、バスタオルで水気をふいてやっていると、突然、顔をくしゃくしゃにして、嗚咽《おえつ》を漏らし始めた。

脇にいた青柳主任が「どうした？」と声をかけると、言葉を詰まらせながら「母さんも、やってくれた」と言った。

「小さい頃、母さんと一緒にお風呂《ふろ》に入って。あがったあとに、こうやって、僕の頭……タオルでふいてくれました。そのときの母さん、こういう気持ちだったんだなって、僕、今さら、急に、分かって」

涙をほろほろとこぼす小堺君を、きららは心配そうに見つめていたという。小堺君の頬にきららは鼻先をつけて、くうんくうんと鳴いた。小堺君は震えながら、きららを抱きしめた。

「なのに僕は母さんを」

それ以上は言葉にならなかったという。ただぐずぐずと崩れ落ちるように泣いていた。

青柳主任は、小堺君が落ち着くまで背中をさすってやった。

「本当はみんな、良い子なんですよ」

という青柳主任の言葉が思い出される。

きららは小堺君をあやすように、その頬をぺろぺろと舐《な》めた。「くすぐったいよ」と小堺君は笑った。

きららが死体で見つかったのは、その一週間後の夕方だった。

「誰かに殺されたんですよ」進藤君が低い声で言った。「きららのエサに、農薬がまぜてあったそうです」

きららの死を知って、小堺君は人目もはばからず、大泣きしたという。もちろん悲しんでいるのは小堺君だけではなかった。少年院全体が重々しく、暗い空気に包まれた。

「俺は特に犬好きってわけでもないんですけど、小堺君が泣いてるのはグッときました。他のメンバーも小堺君に引きずられて、悲しみモードって感じ。小堺君、いつも不機嫌そうなんですけど、トイレ掃除とか、農作業とか、すごく几帳面にしっかりやってくれて、意外とみんなに頼られてるところあったんですよ。不言実行の男、みたいな？　にらんできたりするし、俺たちのこと見くだしてるのかなって思うことも結構あったんですけど、まあでも、やることをきっちりやってくれるんで、みんな一目おいてるというか。その小堺君が大泣きしてるのは、やばいっしょ」

派手なロレックスをがちゃがちゃといじって、時計の裏の手首をかきながら続ける。

「俺、放っておけないと思ったんですよ。それでね、きららを殺した犯人、つきとめようと思ったんです」

進藤君は歯を見せて笑った。

爽やかなはずの笑顔に気味悪さを感じて背筋が寒くなった。

3　きらら殺害事件

きららはN県I市のブリーダー、佐藤真宮子《さとうまみこ》さん（仮名）の家で生まれた。大きな耳がぺたりと垂れたラブラドール・レトリバーの女の子だ。淡いクリーム色の毛が日の光を浴びてきらきらと光ることから、「きらら」と名付けられた。

佐藤家は周辺を田畑と森に囲まれたのどかなところにある。きららの散歩コースは、特別養護老人ホーム、太陽光パネル、鉄工メーカーの資材おき場の前を通って、一・五キロ先のホームセンターの駐車場を一周して帰ってくるというものだった。

特別養護老人ホームの前を通るとき、中庭から入居者が手を振ることがある。きららはそれが嬉《うれ》しいらしく、鼻をヒュウンヒュウンと鳴らしながら、しきりに尻尾《しっぽ》を振った。入居者からは「まあ」「あら」などと口々に歓声があがる。

きららのしつけを担当していた佐藤さんは、そのたびにリードをクッと引いて注意しなくてはならなかった。県警に引き渡すまでに、注意散漫な部分を直す必要があった。

「でもねえ、あの子はどうせ、警察犬は無理だろうなあって思っていましたよ」

佐藤さんは、舌を出して笑うきららの写真を手に、懐かしそうに目を細めて語った。

「人が好きで、人にチヤホヤされたくてたまらない子でしたから。いつも人の近くにいたがりましたね。人の動きに敏感で、あちこちに気が散ってねえ。とてもじゃないけど、捜索とか救助とか、そういうお勤めができる感じの子じゃなかったですね」

好きな食べ物はリンゴと蒸したさつまいもだ。どちらも小さく切って与えてやらないと食べない。愛情いっぱいに育てられたからか、甘ったれた、寂しがり屋の犬になった。

生後十二カ月頃、きららは近隣の警察犬訓練所に入所した。

佐藤さんは県警に毎年何頭かずつ犬を売っていた。きららに警察犬は無理ではないかと思いつつも、その年は他により適切な個体がいなかった。きららは非常に賢く穏和な性格だったので、警察犬として検定に合格しなくとも、良い里親が見つかるだろうと思った。

案の定、きららは警察犬訓練所で早々に落ちこぼれた。遊んでもらおうと担当者や見学者にじゃれついて、訓練が一向に進まないのだ。しかも一般的な犬と比べても、きららの嗅覚《きゆうかく》は先天的に劣っていたらしい。

入所後三カ月のテスト期間で不合格となった。

通常であれば里親募集をかけるのだが、きららは事情が違った。

N県警の少年課を通じて、N少年院から「人懐っこい犬がいたら一頭譲ってくれないか」と依頼されていたのだ。少年院で少年らの心を解きほぐすセラピードッグとして飼いたいのだという。訓練の担当者、水元《みずもと》ゆう子《こ》さん（仮名）は、「きらら以上に適任はいない」と確信したという。

「あの子は本当に人懐っこくて、知らない人にも尻尾を振るような子でした。といっても、無理にぐいぐいと身体をよせるというより、近くまで行って撫《な》でられるのを待っているような、大人しい子です。生まれもった気質もありますが、環境が良かったのでしょうね。周りに可愛い可愛いと褒められて、愛情いっぱいに育った子に特有の穏やかな目をしていました。動物に慣れていない少年らにも、うってつけだと思いました」

水元さんの予想通り、N少年院できららは一躍、人気者になった。

管理棟の一階の端に、職員用宿直室がある。その裏手、管理棟を出た渡り廊下の脇に、きらら用の小屋が設けられた。朝晩二回、宿直職員が散歩に連れ出す。午後の運動の時間には、少年らと一緒に遊んだ。月曜と水曜は第一種、火曜と木曜は第二種、金曜は入院したてのワカクサ寮の子たちがやってくる。かわるがわる少年たちに可愛がられて、きららも活き活きしていたという。

「そのうち、きららの世話の一部も、少年らでやってもらおうということになったんですよ」

青柳主任は肩を落としながら語った。

「今思えば、やめておけばよかったと思いますけどね。ただ、情操教育としては効果があったんですよ。動物の世話をするとか、自分より小さい存在を可愛がるとか、あたり前の経験をしていない子たちも多いですから。ずっと反抗的でむすっとしてた子も、きららを前にしたら『先生、きらら、可愛いよなあ』ってポロッと言って、職員とぽつぽつ話すようになったりね」

朝晩の散歩は引き続き職員が行ったが、エサやりやブラッシング、シャンプーなどは志願した少年らに交替制でやらせていた。

きららが亡くなったのは五月二十二日、金曜日だった。

「当時のことはよく覚えていますよ。結構、楽しかった時期なんで」

表参道のオープンテラスで、進藤君はにやにやしながら語った。

当初、きららの死亡原因について職員らは口を閉ざしていた。少年らを刺激しないためだったという。

これを不審に思ったのが進藤君だ。ワカクサ寮からミドリ班にやってきて一カ月ほど経った頃だ。生活に慣れて「正直退屈していた」という。

「六月にソフトボール大会が予定されていました。みんなで練習をしていた時期です。俺は身体を動かすのは好きなんで、張り切っていたんですけど。他の子たちはそうでもなくて。練習がぬるくて、つまらなかったですね」

きららが亡くなった翌週の月曜日は、あまりに少年らが落ち込んでいたので、ソフトボールの練習が中止になったという。進藤君はどうせぬるくてつまらない練習だから、なくなってラッキーだと思うと同時に、職員らの異様な雰囲気を感じていた。

翌朝、日記当番として、他の少年らの日記を集めて職員室に持っていったとき、「きらら、どうして死んだんですか」と正面切って青柳主任に訊いたという。「お前は知らなくていい」

と最初は言われた。進藤君がとっさに目を潤ませて、「原因だけでも教えてください。でないと、俺たちも、どう受け止めていいか」と声を震わせた。

これは演技だった。

進藤君はきららのことを好きでも嫌いでもなかった。大して興味がなかったそうだ。だがきららが死んだことで、他の少年らが悲しみにくれている状況を「面白いなあと思って、わくわくした」という。

いつもヘラヘラしている進藤君が泣きそうになっていることに慌てたのか、青柳主任は目を伏せて答えた。

「実はな、何かの間違いで、前日の晩メシに農薬が混じっていたみたいなんだ。丸一日苦しんで、死んでしまった。俺たち職員の管理が悪かった」

青柳主任も落ち込んでいるように見えた。「うわあ、犬が死んだくらいで大人も泣くんかな」と進藤君は思った。青柳主任の隣の机に、五センチ四方ほどの大きさの付箋《ふせん》パッドがおいてあった。青柳主任が目を伏せているすきに、進藤君はその付箋パッドに手を伸ばし、手のひらの内に隠した。

自室に戻ると、付箋を一枚はがして、鉛筆で文字を書き殴った。付箋パッドの本体はマットレスの下に隠した。ホールに出て朝食の配膳準備に加わりながら、職員のすきをついて、他の少年らに付箋を見せた。

『きらら、二十一日の晩メシに農薬がまざってたらしい。それで死んだって』と記してあった。

付箋を見せると、少年らの表情はサッと変わった。反応を見るのが面白かったという。

「小堺君なんか、一番きららを可愛がってたから、付箋を見た途端、目をきゅっと閉じてました。大坂君もたまに世話してたからか、大げさにアピールするみたいに、顔をしかめてた。堂城君は文字が読めなかったのかと疑うくらい、ぼーっとしてた。岩田君は一言も話さないんですけど、こっちの言うこととかは聞いてる感じなんですよ。付箋もじっと見て、暗い顔で目を伏せた。雨宮君はねえ、さすが猟奇殺人犯って感じ。付箋を見て、ニヤアッと笑ってました」

雨宮君は無言で手を伸ばし、進藤君から付箋を奪い取ったという。進藤君はその意図が最初は分からなかった。だが午前中の農作業のとき、雨宮君から付箋をこっそり渡されて、朝の疑問が氷解した。返ってきた付箋にはこう書かれていた。

『二十一日のきららの晩メシ当番は、堂城君』

進藤君は畑を見渡して、堂城君の姿をさがした。堂城君はリヤカーを引いて倉庫に向かっているところだった。

「その頃には、なんとなく、堂城君は大坂君のパシリ、みたいな雰囲気ができあがっていて。重いものを運ぶときとか、大坂君はサボって、かわりに堂城君が運ぶ、みたいな感じだったんです。先生たちは気づいてないみたいでしたけど、俺たちにはそういうの、見え見えだから」

農薬は水に溶かして使う顆粒《かりゅう》タイプのもので、プラスチック製の小瓶に入っている。普段は畑の脇の倉庫に保管してあった。倉庫も畑も、二メートル以上あるフェンスに囲われていて、農作業するとき以外は施錠されて入れない。だが農薬の容器は小さいので、作業服の胸元に隠し入れれば、農作業時に持ち出せなくはない。

「なるほど、堂城君がやったのかと思いました。堂城君は背が高いし身体も大きいから、農薬の容器をポケットに入れても目立たなそうだなと思って」

進藤君は当時の様子を活き活きと話した。相変わらず、周囲の客が振り向くほど声は大きい。

「でもあのときの俺は、犯人が誰かというより、雨宮君とやり取りしてることに、正直、興奮してたんですよ」

日本中を騒がせた猟奇殺人犯である。当時十五歳で、進藤君より四学年下だ。色白で小柄、大人しそうな見た目をした少年だった。年下だからといって、幼い印象ではなかった。理知的で落ち着いていたという。

死体をバラバラにしたであろう雨宮君の手から付箋を受け取り、死体を見たはずの目でじっとこちらを見られた。その状況に進藤君は「急に映画の中に入ったみたいで、ドキドキした」。

少年院に入っている時点で充分現実離れしており「映画の中」のようなシチュエーションのはずだが、進藤君にその自覚はないらしい。自分が世間から離れたところにいるという感覚もない。罪の意識もない。だからこそ、少年院での生活に退屈したり、猟奇殺人犯との交流に興奮したりできる。

　小学校の先生によると、進藤君には虚言癖があった。いずれも、起こってもいないことを申告したり、犯人を見たと言ったりするものだ。日常から離れた世界に強い憧《あこが》れがあるのだろう。少しでも日常から外れるような刺激があると過剰に反応し、自分でつくりあげた架空の世界にトリップする。どこまでが現実でどこからが嘘なのか、自分でも区別がついていないのかもしれない。

　現実の世界に生きているというのに、まるでゲームをしているかのように現実感がない。だから普通の人が引き受けないような危険なことも引き受ける。捕まっても特に反省したり、後悔したりしない。いつも床から数センチ浮きあがったような状態で暮らしているのだ。

「もしかして雨宮君は、俺を仲間認定しているのかもしれないと思って。俺、ミステリーとか好きなんですよ。っていっても、小説は読まないんで、映画とかで見るやつですけど。雨宮君と俺、探偵と助手みたいな？　そういう関係かもと思うと、すっげえ楽しくなってきて」

　進藤君は目を輝かせて話を続けた。

「その日の農作業では、二人で探偵ごっこみたいなこともしたんですよ」

　普段はほとんど自分から声を発しない雨宮君が、農作業中、急に立ちあがった。

「先生、倉庫の片づけをしてきてもいいですか」

　進藤君のほうを見てフッと笑ったという。他の少年には向けない悪戯っぽい表情だったので、

ドキッとした。進藤君は慌てて、

「先生、僕も雨宮君を手伝います」

と申し出て、二人は連れ立って倉庫に行った。

畑の端から職員の視線が向けられているのは分かっていたので、妙な行動はとれないが、小声で言葉を交わすことはできたという。

「農薬が入っていた小瓶があるはず。ゴミに入れていたら先生たちに見つかるし、倉庫のどこかに隠してるんじゃないかな」

雨宮君は進藤君を見もせずに、地面に向かってボソボソと言った。

「そうだな、さがそう！」

と答えると、雨宮君は顔をあげてキッとにらんだ。

「馬鹿、声がでかい」

倉庫に入った途端、埃《ほこり》っぽい空気に包まれ、進藤君はむせた。十畳ほどの空間で、四列のスチール棚に軍手やスコップ、肥料など、色々な物品がおかれている。

「きららを殺したのって、本当に堂城君なのかな？」

「声がでかいって」

おそらく本当に声が大きかったのだろうが、進藤君自身は「神経質な奴だな」と呆《あき》れたという。一応「ごめん」と謝りつつ、声を落として続けた。

「きらって人懐っこい犬じゃん？　おやつだよって言ってあげれば、晩メシじゃなくても食べそうだし。てか前に、きららにパンくずをあげた奴がいたよな。一種のやつで。残飯を運んでるときにやったって。職員に注意されてた気がする。きららは鼻が利かないから、古くなったものでも食べちゃうんだって。だから残飯はあげるなって言われてた。晩メシ当番の堂城君以外の人でも、農薬をまぜたおやつをあげることはできたんじゃない？」

「ごちゃごちゃ言わないで、農薬をさがしなよ」

雨宮君は不機嫌そうに続けた。

「僕は別に、堂城君が犯人だなんて言ってないけどね。彼が晩メシ当番だったって言っただけ。でも、犯人はミドリ班の誰かだろうね。農薬が保管されているこの倉庫に入れたのは農作業を担当しているミドリ班の六人と、先生たちだけなんだから。農薬を持ち出したとしたら、六人のうちの誰かでしょ。僕じゃないから、他の五人」

「俺でもない」

「それなら他の四人のうち、誰かが犯人。ミドリ班の人間が他の班の人と共謀した可能性もあるけど、その可能性はかなり低い。班が違うと、生活している寮も、運動時間も、こういう活動も全部別だから。トイレも風呂場も図書室も別。まず意思疎通ができないでしょ。だから、犯人はミドリ班の中にいると思う。ほら、見て、ここ」

ぼそぼそとした声を止めて、雨宮君は棚の隅を指さした。

不自然に物が取り払われて、空き棚になっていた。他の部分と違って、棚板の上にほこりは積もっていない。最近ここにあった物が運び出されたようだ。

「農薬がおいてあった場所だよ。今回の事件を受けて、予備のぶんも含めて、先生たちが回収したんだろうね。今まで悪用する人がいなかっただけで、使いようによっては危険なものだから」

「でも、なんできららを？　みんなあの犬のこと、好きだったよね？」

戸惑いながら進藤君が訊くと、雨宮君は冷たく笑った。

「さあ。人気者だったから、殺したんじゃないの」

吐き捨てるような物言いにゾッとしたという。

だが同時に、ゾクゾクもした。「悪人なんですけど、ワルはワルでかっこいいっていうか。そんな感じがした」という。同時に、もしかして雨宮君がきららを殺した真犯人ではないかとも思ったそうだ。

進藤君は、雨宮君の犯罪内容についてニュースで見聞きしていた。雨宮君は小学校一年生の子供を二人殺している。だがその前には、近所の野良猫を何匹も殺していたという。進藤君はその報道を思い出して、猫を殺すなら犬も殺すかもしれないと思った。

もしかすると倉庫にやってきたのも、証拠隠滅のためかもしれない——と身構えたが、雨宮君は何食わぬ顔で農薬がおいてあった棚の前を離れた。

そのとき、倉庫の外で「コラッ！」と職員が叫ぶ声がした。

二人は顔を見合わせて、倉庫から飛び出した。

何事かと見渡すと、畑の中央で、小堺君が小さいスコップを振り回していた。その足元には堂城君が頭を両手で守るような姿勢でしゃがんでいる。精一杯身体を小さくしているように見えた。

「お前が殺したんだろ！　お前がきららを殺した！」

小堺君は泣き叫んでいた。畑の端にいた二人の職員が駆けてきて、すぐに小堺君を取り押さえた。

その間、堂城君は「うう」と低くうなるばかりで、言葉らしい言葉は発しなかった。

「俺はきららの世話の担当に入ってなかったから、担当表みたいなのを見てなかったんですけど、小堺君はよく担当してたから、見られたんでしょうね」

当時を思い出すように遠い目をしながら、進藤君は頭をかいた。

その日の朝、進藤君は小堺君に、きららが農薬で死んだことを伝えている。小堺君はきららの世話の担当表を確認したことだろう。きららが農薬を口にした晩のエサやり当番は堂城君であることを知って、堂城君が犯人だと思い至った。

一旦《いったん》は怒りを抑えたものの、農作業中に再び怒りが込みあげてきて、つい堂城君に襲いかかったのだと思われた。

「取り押さえられた小堺君は一週間謹慎ということになって、単独寮に入れられました。その週の金曜日には近くの幼稚園に行って、紙芝居を披露する予定だったんです。小堺君は紙芝居のナレーションをする係で、熱心に練習してたのに、参加できなくなって。あーかわいそーって感じでした」

進藤君はさして感情を込めずにケロリと言った。テーブルから水の入ったコップを手に取り、一気に飲んで、入っていた氷をガリガリとかんだ。

「なんでだか、雨宮君と堂城君はもともと幼稚園訪問のメンバーから外されていたんで、その二人も行けず。残りの三人で行きました。でも、岩田君は一言もしゃべらないじゃないですか？　結局、大坂君ばっかりが活躍して、先生にも褒められていて、別にそれはいいんだけど、なんだかアピールうざいなって感じ？」

口元を歪めているが、さほど関心はなさそうに見える。

進藤君は不思議な人だった。好奇心旺盛《おうせい》で物事に首をつっこむわりに、他人の感情には興味をよせない。

「そもそも、どうして農薬のこと、他の少年に教えようと思ったの？　小堺君みたいに、きららを好きだった子たちが、複雑な思いになるとは考えなかったの？」

素直な疑問を投げかけると、進藤君はきょとんとした。

「え、みんな知りたいかなと思って。それ以上の理由はないですけど」

「結局、きららの犯人、見つかったの？」

「あーどうだったかなー」進藤君は首をかしげた。「記憶があいまいなんですけど、結局誰ってのはハッキリしなかったと思います。先生たちに呼び出されて、個別面談みたいなので、話を聞かれたりはしました。けど先生たちも犯人は分からなかったみたいですね。証拠もないし。そのとき以来、農薬とか肥料とか、化学薬品は全部、職員室の鍵付きロッカーで保管するように運用が変わったみたいです」

「そもそも進藤君は、小堺君が泣いてて放っておけないと思って、きらら殺害の犯人をつきとめようと思ったんだよね。結局犯人は分からずじまいってことで、良かったの？」

「いやまあ」進藤君はニヤつきながら目を伏せた。「俺的には当時、退屈してたんだと思います。で、犯人をさがそうと思ったら、早い段階で雨宮君と仲良くなって、雨宮君とのやり取りに気を取られているうちに、犬のほうはどうでもよくなったっていうか」

進藤君は一貫して、きらら自体には無関心な様子だ。きららが引き起こした周囲の変化に気を取られている。興味がうつろいやすく、目先の面白いことを追いかけるばかりだ。

最後の質問のつもりで、気になっていたことを尋ねてみた。

「特殊詐欺、盗撮、窃盗未遂と、色々な非行、犯罪を重ねてきたわけだよね。それについて今、自分ではどう思っているの？」

進藤君の口からは、反省の言葉は一度も出ていない。だがこれまでの犯罪で被害者も出ていれば、結果的に死人も出ている。それについて本人がどう思っているのか、本当のところが知りたかった。少年院に入ってみて、少しでも考え方が変わったのかどうか。

進藤君はまっすぐこちらを見て、ハキハキと言った。

「すべて、自分が未熟だったせいだと思います。じっとしていられない、何かやりたいという気持ちが先走って、何をやるべきか、逆に何をやっちゃいけないか、考えていませんでした。少年院で、担任の先生にそのことを言われて、ハッとしました。そういえば、何をしたいとか、落ち着いてちゃんと考えたことなかったな、って。それで、周りに流されちゃってたんだなと思って」

少年院でお金の使い方に関するプログラムがあったという。ひと月の給料として十万円を渡されたとする。何にどれだけ使うか計画を立ててみる、というものだ。

進藤君はそのプログラムが苦手だった。

「欲しいものが色々あるんで、どんどん買っちゃう。家賃とか、光熱費とか、絶対必要になるお金を残しておけないんです。先のことをしっかり考えるのがどうも苦手で、今やりたいこととか、欲しいものを優先しちゃって。頭では分かってるけど、うまくできないんです」

担任と相談して、少年院を出た後は、実家で暮らすことにしたという。稼いだお金の管理は母親に頼んで、毎月一定額のお小遣いだけで暮らしている。

「今は、少しずつ成長したい。それだけです。毎日、昨日よりも今日、今日よりも明日って感じで、何かがうまくなるとか、人間として一回り大きくなるっていうか。そういうの。これまでは自分のエネルギーを悪いほうに向けていたから、良い環境に身をおいて、良い方向に使いたい。少しでも人の役に立ちたい」

進藤君は言葉を止めると、足元においたブリーフケースからクリアファイルを取り出した。

「それで、これ、どうですか」

クリアファイルの中には、化粧品のラインナップが記された資料が入っている。

「仮谷さんってライターさん、なんですよね？」こちらを見て白い歯を見せて笑った。「収入が不安定な仕事かと思います。お金が入ってくる手段を複数持っていると安心ですよ。パラレルキャリアとか、マルチチャネルとか流行《はや》ってるし。今って、風の時代じゃないですか？　そんな時代だからこそ、一つのビジネスだけやってたら危険です」

誰かの受け売りのような言葉を口にしながら、進藤君は資料を一枚めくって見せた。ピラミッドのような図が載っている。

「メンバーになれば、化粧品はメンバー価格で買えます。買ったものを自分で使ってももちろん良いんですけど、それじゃただの消費者。受け手でしょ。今は誰でも与える側に回れる時代です。化粧品をさらに他の人に売れば、その分のマージンが入ります。その人をメンバーにして、そのメンバーがまた新しいメンバーを――」

「あの」思わず口を挟んだ。「これ、マルチ商法だよね？　あんまり、良くないいんじゃないかな」

「いや、そんなことないんです！」

　進藤君は顔を真っ赤にして、一段と声を張りあげて言った。

「マルチ商法って言うと、世間でのイメージは悪いですが、これは、マルチレベル・マーケティングと言って、人と人のつながりでバリューが生まれる画期的な仕組みなんです。俺が一緒になってやっている、ルナデイズって団体は、すごく勉強熱心で、成長できる、熱いところだし。弁護士のメンバーさんもいて、法的なところもきちんとしています。化粧品の評判も良いし、誰も損をしない、バリューしか生まれないビジネスモデルなんですよ」

「会社をやってるって言ってたのは、この活動のこと？」

「いえ、いや、はい」

　ハキハキしているわりに煮え切らない言葉を並べる。

「ルナデイズの活動の一部で、メンバーの教育研修の担当を別の会社に切り出したんです。それを今、俺に任せてもらっていて。でも、いずれは自分の会社を別でつくろうと思ってますから」

「自分の会社？」

「そう。俺、起業して、社長になるのが夢なんです」

　にっこりと笑って白い歯を見せる。進藤君の目は本当に活き活きと輝いていた。

「エステサロン、ネイルサロン、美容院が一体になった総合美容施設を何店舗か持ちたいなって思って。やっぱり一国一城の主《あるじ》みたいなの、憧れるじゃないですか」

化粧品の販売をしているから、美容系で起業したいのかもしれない。だがそのわりに話の内容が漠然としていて、つかみどころがない。

「起業のために、何か準備しているの？」

責める口調にならないよう注意しながら訊いた。

進藤君は待ってましたとばかりにさらに破顔して、口を開いた。

「可愛がってくれる兄貴分がいて、色々教えてもらってるんです。実は兄貴分を通じて、ある確かな筋から、再開発の予定を聞きました。絶対値あがりする土地を見つけたんです。もちろん兄貴分が買ってもいいんですけど、今回は俺にとって良い経験になるからって譲ってくれて。俺は今ある貯金と、少しは借金して土地をなんとか押さえようとしていて。うちの親はビジネスとか何も分からないけど、やれるだけ頑張ってみたらって応援してくれてるんで。俺もガッンと稼いで、早く親に楽をさせてやりたいなあって」

楽しそうに進藤君は話し続けた。

絶対値あがりする土地なら、兄貴分が自分で買えばいい。後輩に良い経験を積ませるためという理由で譲るはずがない。

一応、その旨はやんわり伝えたが、進藤君は「いや、大丈夫です」と言い張る。それ以上、かける言葉が見つからなかった。

進藤君は金色に光るロレックスをはめた腕を伸ばし、カフェの伝票をつかんだ。

「ルナデイズの化粧品、良い話なんで。メンバーになること、考えておいてくださいね」

テーブルの上の資料をこちらに押し出すようにおくと、伝票を持って颯爽とレジに向かっていった。その背中は気味が悪いほどに、ビシッとまっすぐ伸びていた。

4　雨宮太一君（仮名）の話

雨宮君の自宅は、赤坂《あかさか》のタワーマンションの三十六階にあった。一人暮らしなのに八十平米超の3LDKである。

三部屋のうち、一部屋は寝室、もう一部屋は書斎、そして残る一部屋を動画撮影用のスタジオにしているという。

雨宮君は少年院を出た後、「元猟奇殺人犯YouTuber」として動画投稿を始めた。といっても、残酷な内容を配信するわけではない。料理をする様子、食事をする様子、買ったものの紹介等、穏当な動画ばかりを投稿している。動画投稿規約を遵守しているように見えた。

それでもチャンネル登録者数は百二十万人を誇る。過去に凄惨《せいさん》な殺人を犯した少年のごく普通の日常を、世間の人はのぞきたいのだ。

動画投稿者としてマメに活動しているのも大きいだろう。キャッチーなサムネイルとタイトルがついた五分程度の動画が毎日投稿される。編集はこなれていて、海外視聴者用に英語字幕までついている。

雨宮君に取材を申し込むと、

「動画に出てくれるならいいですよ」

という返事があった。

動画上では私の名前を伏せること、顔にモザイクをかけることを条件に、動画出演を引き受けた。撮影した動画はすぐに編集され、すでに公開されている。「『目には目を事件』について取材しにきたルポライターを撃退！」というタイトルだ。だがこれは、二時間以上話した内容から切り取って、五分程度の動画に編集したものだ。

改めてここに、雨宮君から聞いた内容を記しておいたほうが良いだろう。

雨宮君は自ら手記も出版している。成育歴に関するルポルタージュは何冊も出ている。彼の生い立ちの詳細は割愛し、ごく簡単にだけ触れておく。

雨宮太一《たいち》君は、Ｈ県の米問屋の長男として生まれた。妹が二人いる。古くから続く名家で、雨宮君は近隣の住民から「ぼん」と呼ばれ、親しまれていた。

幼い頃から内気で大人しい子だったという。奥の畳の部屋で、スケッチブックを広げて日がな一日絵を描いていた。

絵が好きならと、両親は雨宮君をＮ市の中心部にある絵画教室に連れていった。雨宮君はスケッチが非常にうまく、目の前のものを実に正確に紙に写しとった。絵画教室の講師も最初のうちは雨宮君を褒めていたが、あるとき、

「そのまま描くのではなくて、自分なりに強調したり、面白い切り口で描いてみたり、工夫をしましょうね」

と指導をした。

雨宮君は激高した。大人しい態度から一変、激しい口調で「うるさい！　ばか！」と講師を怒鳴りつけたという。両親は慌てて絵画教室に謝罪して、雨宮君を叱った。

ところが雨宮君はむすっとして、絵のことでは誰とも口を利かなくなり、絵画教室にも行かなくなった。それでも自宅でスケッチブックを広げて絵を描くという習慣は続いたという。

この時期に描かれたスケッチは非常に繊細で詳細である。殺人事件を引き起こしたあと、様々なメディアで大きく取りあげられることになった。

雨宮君の関心は植物、昆虫、小動物にあった。庭に生えているタンポポの綿毛の一本一本を再現したり、縁側にやってくるアマガエルの表面の滑《ぬめ》りを鉛筆の濃淡で表現したり、松の枝にとまったスズメの毛流れを正確に写生したりすることに心血を注いだ。

野良猫も、最初は絵に描くために連れてきたらしい。だが猫はちっともジッとしていてくれない。「だから殺した」という。

彼自身の手記には、多分なナルシシズムとともに以下のように記されている。

『毛を逆立てて必死に抵抗する猫の、生の瞬《またた》きを、ボクは切り取りたかったのです。永遠の生とはつまり死。だから殺すことで猫をとめてしまおうと思った。そうすることでボクの作品は完成する』

首を絞めて殺した猫の死体を、雨宮君はじっくり三時間かけて写生した。十三歳のときだった。絵を描きながら、彼はずっと勃起《ぼっき》していたという。絵が完成した瞬間、これまでにない高ぶりに襲われた。それ以来、彼は「死体を前にしないと興奮しない体質になってしまった」。

雨宮君は日常的に虫や小動物を殺すようになった。だが昆虫などでは満足感は低い。せめて猫くらいの大きさのものでないと満足できなくなってきた。

動物を殺す夢想にふけるあまり、学校は次第に休みがちになった。

そんなとき、雨宮君の視界に入ったのが、家に遊びにきていた末妹の友達、鈴木《すずき》礼夏《れいか》ちゃん(仮名)、六歳だ。

「あれは猫よりは大きいけど、猫みたいなもの」と思ったという。一度意識すると、衝動が抑えられなくなった。

家で顔を合わせたときに話しかけ、お菓子を分けてやり、仲良くなった。礼夏ちゃんの通う小学校の校庭の前で待ち伏せをして、出てきた礼夏ちゃんと偶然出くわしたふりをした。

「可愛い猫ちゃんたちのたまり場を見つけたんだよ。一緒に見にいかない？」

優しく声をかけると、礼夏ちゃんは満面の笑みで「いく！　ねこちゃん！」と答えた。礼夏ちゃんの家には二匹の猫がいて、礼夏ちゃんは猫が大好きだった。

人通りが少ない神社の裏山に連れ込んで、後ろから首を絞めた。礼夏ちゃんは突然のことに声も出さなかった。だが両手両足をバタバタさせて、一度は雨宮君の手を逃れている。

「おにいちゃん、やめて！　ねこちゃんはどこ？」

それが礼夏ちゃんの最後の言葉になった。

雨宮君は何も答えず、ポケットから紐《ひも》を取り出して、礼夏ちゃんの首にかけた。紐を使えば手だけで絞めるよりも力が入りやすい。猫を殺すときに学習していたことだ。礼夏ちゃんは首を左右に振って抵抗したが、一分もしないうちに絶命した。

雨宮君はすぐに遺体をスケッチしようとした。

ところが礼夏ちゃんの首元に残った索状痕《さくじょうこん》が目についた。猫の場合、体毛があったために痕《あと》が目立たなかった。ところが人間だと生々しい痕が残り、どうしても気になったという。

『その赤黒い線は、ボクの世界に走った亀裂《きれつ》だった。永遠の生と死者を分ける切り取り線。あちら側とこちら側。ボクはそれがどうしても許せない』

そこで、死体についた傷にそって、死体を切り分けることにした。

『けれどもそれでは不完全な物体が残されるだけだ。余ったところを足りないところにさしふさいで、完成させなくてはならない』

このあたりの理屈を完全に理解するのは難しい。様々な精神科専門医が様々な憶測を述べているが、正確なところは分からない。

雨宮君は再び小学校の近くに戻った。下校時間を大幅にすぎていたが、ちょうど野球クラブの練習が終わったところらしい。校門近くで素振りをしながら保護者の迎えを待っている男の子がいた。

七歳になったばかりの川崎大輝《かわさきだいき》君（仮名）だ。大輝君も礼夏ちゃんと同様、雨宮君の末妹の友達だった。

「大輝君のお母さん、あっちで、うちの母さんと話してるよ。一緒に迎えに行こう」

と声をかけると、大輝くんは自分の野球バットをひきずりながら、大人しくついてきた。バットがアスファルトにあたり、カランコロンと音を立てていたという。

「それ、かして。おにいちゃんが持ってやるよ」

大輝君からバットを受け取って、歩いた。

道中、大輝君は「どうやったらホームランが打てるようになるんかな」と雨宮君に相談していたという。雨宮君は「素振りするしかないよなあ」と答えた。

「そうやなあ」大輝君は大人しくうなずいた。悔しそうに目を潤ませていたという。練習で辛《つら》いことがあったようだった。

二人は裏山に入り込み、先ほど礼夏ちゃんが亡くなった地点のすぐ近くまできていた。

雨宮君は突然立ち止まり、バットをかかげた。大輝君は不思議そうにジッと雨宮君を見ていたという。

次の瞬間、雨宮君は思いっきりバットを振って、大輝君の頭を叩いた。大輝君の身体は二メートル近く吹っ飛んで草むらに転がり、動かなくなった。

その後、のこぎりで二人の遺体を切り刻み、ガムテープで乱暴につなぎ合わせ、民家の前においたのは周知のとおりだ。

礼夏ちゃんの将来の夢はトリマー、大輝君の将来の夢はメジャーリーガーだった。

雨宮君がのちに出版した手記には、被害者や遺族への謝罪の言葉は記されていない。手記は発行部数十万部超のベストセラーとなり、雨宮君は千五百万円ほどの印税を得ている。

さらに現在はＹｏｕＴｕｂｅへの動画投稿から得られる広告収入で、最低でも月に数百万円を稼いでいると思われる。

ちなみに、公開された動画ではカットされているが、取材中、

「犯した罪についてどう思うの？」

という質問も投げかけている。

撮影用の椅子に座った雨宮君はムッとした表情を浮かべ、

「そういう質問は、動画投稿規約に反するんで、やめてもらえますか？」

荒々しい口調で、唾をとばすように言った。

「僕はあくまで、クリエイターとして動画をつくってるわけですよ。それに協力してくれるな

らということで、取材を受けたんですね。完全に善意。どうしてもと言うから。それなのに、そうやって僕の世界を壊すってのは、恩をあだで返すようなものじゃないですかね」

よく分からない理屈だった。だが雨宮君は真顔のまま、とうとうと話し続けた。

「そもそも、僕にとってクリエイションっていうのは、僕の実在に関わるわけですよ。今は動画をメインでやってる。それは色んな理由があってですね。絵のほうは、事件のときに下手に話題になりすぎてしまって、今はもはや正当な評価がつかないわけです。だから、絵と同様の視覚表現ということでの動画。分かります？　投稿規約に違反して垢《あか》ＢＡＮされたら、僕の表現の場が失われるわけです。そうなると、僕の実存は不確かになってしまって」

頭が痛くなるような抽象論が延々と続いた。

修辞的な表現で色々と言っているが、つまるところ、動画投稿で生計を立てているから、アカウントが停止されると困る、ということらしい。

ちなみに、雨宮君が過去に描いていたスケッチについて、作者名を伏せたうえで、美術評論家の田沼《たぬま》観臣《みおみ》氏に見てもらった。

「まあ、よく描けている子供の絵という感じです。技術は大人ほど高くない。でも子供らしいのびのびとした表現もない。どっちつかず、中途半端ですね。器用な印象は受けるので、練習したらうまくなるかもしれませんけど。この時点で、分かりやすくセンスとか、才能とか、感じさせるようなものではないですよ」

だが雨宮君本人は、「クリエイター」「クリエイション」といった言葉を頻出させるあたり、芸術方面への強いこだわりを有しているようだ。動画制作を含めたクリエイション関連の話をしていたら取材時間が終わってしまうと判断し、話題を変えた。

「N少年院にいた頃、きららという犬がいたでしょう」

突然切り出したので、雨宮君は一瞬、虚を衝《つ》かれたような顔をした。まだほんの子供みたいな、白くてさらりとした顔だった。

「はあ、いましたね」

「進藤君という子が、きららを殺した犯人をさがしていたんでしょう?」

ジャブのように訊くと、雨宮君は目を丸くして、

「あー、確かに。いましたね。進藤ってやつ」

思い出すように遠くを見ながら言った。

「声が大きくて、落ち着きがなくて、うっとうしかった。しかも、僕よりいくつか年上のはずなのに、すごい馬鹿で。すぐ騙《だま》されそうな、ちょろいやつ」

口調は淡々としているが、そのぶん、心から進藤君を見くだしているのが伝わってきた。

「進藤君はきららの犯人を見つけられなかったと言っていたけど、そうなの?」

「あいつには分からなかったんじゃないですか。職員たちも分からなかったのかな。でも、僕は分かりましたよ、犯人」

雨宮君はニヤアッと笑って、こちらを見た。

意地悪そうでいて、楽しげな視線だ。進藤君が目にしてドキッとしたという表情は、これだろう。

「犯人は誰？」

雨宮君はもったいぶるように含み笑いをしてから口を開いた。

「あの、すらっとした人。名前、何だったかな……ああ、大坂君って人でした。彼、嘘をつくとき、あごに手をあてるから、分かりやすいですよ。冗談っぽく『お前がやったんだろ』って言ってみたら、ビンゴ。あごに手をあてながら、『俺じゃねえよ』って言ってた。自白してるようなもんです」

雨宮君は椅子に両脚をのせ、両手で抱えた。体育座りのような恰好だ。口元にニヤニヤとした笑みを浮かべながら、目を伏せて言った。

「大坂君は目立ちたがり屋だから。自分より目立つ犬は、嫌いだったんじゃないですか？　きらら、可愛かったからね。僕も好きでしたよ。殺したいなって思うくらい。大坂君に先を越されちゃいましたけどね」

顔をあげて微笑んだ。一切邪気のない笑顔だった。

第三章　派閥

1　大坂将也君の話（2）

再び大坂君と会ったのは、分厚い積雲が浮かぶ夏の午後だった。草いきれのする公園を抜け、古い団地の脇にあるコンビニのイートインスペースで落ち合った。

作業服を着た大坂君は、タオルで汗を拭《ふ》きながら駆けより、

「すみません。職場近くまできてもらって」

としきりに頭をさげた。

顔を見てぎょっとした。以前会ったときと比べてかなり痩《や》せていたのだ。作業着の袖口《そでぐち》からは小枝のように細い手首が出ていた。

何か飲みますか、と訊《き》いても「いや、大丈夫です」と断り、腰にさげた水筒を口にあててぐいぐいと飲んだ。

「今ね、ガキが小さくて大変なんすよ。やっと首がすわるようになったくらいで……」

大坂君はにっこりと笑いかけた。骨ばった顔の上で目玉がぎょろりと動くので、どこか不気味な印象があった。

こちらの当惑を気にする様子もなく、大坂君は格安スマートフォンの画面をかざした。「うちの娘です」と丸々とした赤ん坊の寝顔を見せてくれた。

以前会ったときには彼女が妊娠四カ月と言っていた。今は彼女と結婚して、建設会社の世帯寮で暮らしているという。

幸せそうに近況を語る姿と、骨ばった身体はちぐはぐな印象を与えている。

家族のために節約を重ねているのか、あるいは病気でもしたのか。急激に痩せた事情は気になったが、軽々に尋ねることはできなかった。

「それで、今日はどういう用件でしたっけ？」

追加で訊きたいことがあると説明し、

「きららっていう犬を覚えてる？」

と尋ねた。

大坂君は首を軽くかしげてから、

「ああ、セラピードッグのきらら、ですね」

と答えた。表情は明るい。まったく気負いしていない様子で、

「大きいラブラドール・レトリバーの女の子で、すっごく可愛かったんですよ」

と笑ってみせる。

朗らかな笑顔だった。無理している印象はない。演技だとしたら上手《うま》すぎると感じた。

「きららが何者かに殺された事件があったよね？」

ジャブのように投げかけてみた。大坂君はヘラヘラッとした笑みを浮かべたままだ。

「ああ、ありました。ありましたね。すっかり忘れていました」

大坂君はあごに手をあてて言った。

雨宮君によると、大坂君には嘘をつくときあごに手をあてる癖があるらしい。つまり、きらら殺害事件について忘れていたというのは嘘、ということだろうか。

間髪を容《い》れずに訊いた。

「あの事件、きららを殺したのは大坂君だという噂があるのだけど、実際のところどうなんだろう？」

大坂君は身を起こしてあごから手を外した。目を丸くしてまじまじとこちらを見つめ返す。

「そんなこと、誰が言ってるんですか？」

「誰とは教えられないけど」

「そもそも、『目には目を事件』を調べてるんですよね？　きららのことは関係ないのでは？」

そう言われてしまうと、私もうまく答えられない。

殺された少年Aは堂城君である。堂城君のことを密告した少年Bは誰なのか、どうして密告したのかを知りたい。殺人をもくろむ者の助けをすれば、密告者も罪に問われかねない。共同生活を通じて更生に向かうはずの少年が、他の少年を裏切るかたちで再び非行に走ったのはなぜなのか。きらら殺害事件は直接の関係はない。

けれども妙な予感がするのだ。不気味な真実がそこに潜んでいるような気がして、放っておくことができない。知らないほうがいいと思いつつも、知らずにはいられない。直感的に引っかかりを覚えていた。

大坂君は水筒に再び口をつけ、一呼吸おくと、いかにも軽い口調で言った。

「きららを殺したのが俺だとして、何か問題ありますか？　もう、時効っしょ」

コンビニの自動ドアが開き、明るい音楽が流れる。就学前の男の子の手を引く母親が不審げにこちらを見た。むわっとした外気が流れ込んだ。

目尻《めじり》の垂れた人懐っこそうな顔を、無表情のままこちらに向けている。子供が生まれたといって写真を見せる彼と、あまりにあっさりと、悪びれもせず開き直る彼が滑らかにはつながらなくて、違和感に胸がざわついた。

大坂君は店内にかかった時計を見て、

「もう昼休みが終わるんで、このくらいでいいっすか？」

と腰をあげた。

「どうして？」

大坂君の背中に向かって言った。「どうして殺したの」

いや、と言いながら大坂君は振り返った。「なんつーか、あの頃は、楽しかったんですけど、妙にイライラもしてて。メンドーなことも多くて。でも昔の話なんで、よく覚えていません」

立ち去ろうとする大坂君に向かって、「ちょっと待って！」と声をかける。

声が大きかったらしく、レジ内にいた若い店員が訝《いぶか》しげにこちらを見た。だが注意をするわけでもなく、手持ち無沙汰《ぶさた》に突っ立っている。

大坂君は引き返すと、私から二つ離れた席に座った。

「仮谷さんって、ノンフィクションライターさんなんですよね？」

「そうですよ」

「去年仮谷さんが話を聞きにきたあと、俺なりに興味を持って色々調べました。仮谷さんのこともね……仮谷さんって、これまで出した本って、ありますか？」

「ないです」私は正直に答えた。「週刊誌で長くライターをやっていました。連載で長い記事を書くことはありましたけど、単著は出していないです」

ふうん、と言って大坂君は口をつぐんだ。表情を曇らせたまま、考え込むように首をかしげている。

「ちょっと大変だったけど、つるんでた仲間の伝手《つて》をたどって、N少年院にいた他の少年たちと連絡をとろうとしたんです。本当はいけないみたいなんですけど……それで、一人だけ連絡がとれない人がいました」

こちらをちらりと見て、「堂城君、です」と言う。

「少年Aって堂城君なんですよね？　それで仮谷さんは、堂城君のことを密告した少年Bをさがしてるんですよね？」

私は答えなかった。代わりに質問を返した。

「大坂君は、調べてみて、誰が少年Ｂか分かったの？」

いえ、と大坂君はあごに手をあてた。「誰が少年Ｂだか、全然分かりません」

心臓が高鳴った。

大坂君は嘘をついている。誰が少年Ｂなのか知っている。

「少年Ｂは誰？」

「いや、だから分からないんですって」あごに手をあてたまま、頰杖《ほおづえ》をつき、苛立《いらだ》ったように答えた。やはり嘘をついていると思った。

「大坂君が少年Ｂなの？」

じっと目を見て訊いた。

大坂君は身体を起こし、手をあごから外してハッキリとした声で言った。

「俺じゃないです」

首だけこちらに向けて、にらみつけてきた。宙で視線がコツンとぶつかる。黒々とした瞳《ひとみ》が少しだけ潤んでいた。

大坂君が嘘をつくときの癖から考えると、大坂君の今の答えは本当かもしれない。絶対の確信があるわけではないが、少年Ｂの候補者リストから大坂君を一旦《いったん》外してもよいように思えた。

大坂君は少年Ｂではないが、誰が少年Ｂなのかを知っている。

「少年Bは誰？　どうして教えてくれないの？」

鎌をかけるように訊いた。

「いや、すみません」大坂君はテーブルに肘《ひじ》をつき、再び手をあごにあてた。筋張った手が震えていた。「俺は知らないです。知っていても、特に仮谷さんには教えられません」

「どうして？」

「どうしてもです」

「堂城君が殺されたこと、何とも思わないの？」

情に訴えかけるように言った。

すると大坂君は両の人差し指で目頭を押さえて、かすれた声で言った。

「俺は……多分一番、堂城君と仲が良かったんです。無口で不器用だけど、良い奴でした。堂城君が亡くなったって知って、その……」

喉《のど》に物がつかえるように言葉を詰まらせた。水筒に口をつけて勢いよく飲んだ。

壁の時計を見て、

「今度こそ、本当にすみません。戻らなくちゃいけない時間なんで」

と頭をさげて、コンビニを出ていった。作業着の上からでも肩の骨が分かるほど、大坂君は痩せていた。

明るい電子音が響く。店内放送では、売り出し中のアイドルが新作スイーツの魅力について語っていた。

蜃気楼《しんきろう》が出そうなほどの真夏日だった。照りつける日差しの中、小走りで職場に戻っていく大坂君を、墨を垂らしたように黒い影が追いかけていた。

2　小堺隼人君の話（2）

きららについて話したいと連絡したら、小堺君はすぐに返信をくれた。

数日後、前回と同じファミリーレストランで落ち合った。やはりスーツをきちんと着て、それと不似合いなシルバーリングをつけている。

「小堺君は人一倍、きららを可愛がっていたんだってね」

「別に……僕は運動が嫌いだったこともあって、運動の時間をサボりたくて犬をかまってただけですよ」

そっけない口調と裏腹に、小堺君の目はやや潤んでいた。自らの成育歴や犯罪を語ったときよりも、ずっと感情的になっていることに驚かされた。

同じ頃少年院にいた進藤君の話によると、小堺君はきららの世話をしながら涙を流すこともあったという。その話を持ち出して、

「きららの世話をしていくなかで、何か気づきがあったの？」

と尋ねると、小堺君はすねたような表情で「泣いたりってのは覚えてませんけど」と首をかしげた。

「でも確かに、きららの世話をしたことで、自分が成長したとは思います。あいつの世話をしてるときって、何も考えてないんですよ。頭の中すっからかんって感じ。それが妙に心地良いっていうか。僕、頭で色々と考えすぎなのかもしれません」

少年院に入って初めてきららを見たときは、少し恐ろしかったという。

小堺君は「かまれないだろうか」と身構えた。だがきららは尻尾《しっぽ》を振って足元にまとわりつくだけだ。嬉《うれ》しそうに口を半開きにして、よだれをダラダラと垂らしている。

「犬ってくさいんだな、って思いました。それまで犬を触ったり、近くで見たりってこともなかったので」

教育熱心だった小堺家ではペットを飼うなんてもってのほかだった。友人の家に遊びに行くこともほとんどなかったので、幼少期に犬や猫と触れ合った記憶はまったくないという。

「思った以上に、独特の香り。獣くさいというか。木とか土とかそういう感じの匂いがして。でも嫌じゃなかった。一緒に遊んだり、ブラッシングしたり、風呂《ふろ》に入れたり、散歩以外の世話は何でもしました。ただ可愛い。打算じゃなくて、何かしてやりたい。そういう気持ちがあるんだなって初めて知って、それで」

小堺君はしばらく黙りこくってから、鼻声で続けた。

「うちの母さんも、そういう気持ちで僕とか、妹とかを育ててたのかなって思ったんです。それまでは親の気持ちなんて、想像したことがなかったんで。そういう、あったかい気持ちを向けてくれていたのに、僕は母さんを殺したわけですよ。しかも、妹からも母さんを奪ったことになりますよね。生々しさを急に感じました。ご飯を食べておいしいと思ったり、テレビを見て笑ったり、ちょっと楽しい気持ちのときに、ふっと母さんのことや妹のことを思い出します。楽しい気持ちでいる資格なんて僕にはないと思って、パニックになります」

小堺君は現在、心療内科に通院しているという。

友人と出かけているとき、仕事で達成感を得たときなど、楽しいと感じる出来事をトリガーにして過呼吸などの症状が現れるらしい。

「指輪をしているのもそのためです」左手の中指にはまったシルバーリングをかざして見せる。「これが目に入ると、事件のことを思い出すでしょ。事件のことをうっすらと意識している状態なら、心の平穏が保てます。楽しいことに熱中してうっかり事件のことを忘れたりしているいと、思い出したときに過呼吸になるんで」

ドリンクバーのコーヒーに口をつけてから、こちらをまじまじと見た。

「ところで、きららについて話したいということでしたよね?」

きららが殺された事件について覚えているかと尋ねると、「忘れるわけないじゃないですか」と表情を曇らせた。険のある目で続ける。

「きららを殺した犯人、堂城君のことは未《いま》だに恨んでいます」

大坂君がきららを殺したと自供していることは伏せたまま訊いた。

「どうして堂城君が犯人だと思うの？」

「論理的に明らかですよ。きららが農薬入りのエサを食べた日のエサやり当番は堂城君でした。僕は堂城君を問い詰めました。すると堂城君は『ごめん』と言ったんです。罪を認めたということでしょう。僕はカッとなって暴れて、謹慎になったくらいです」

小堺君は農作業中に堂城君にスコップで襲いかかり、一週間謹慎になっている。その間予定されていた幼稚園への訪問にも参加できなくなった。

「雨宮君と堂城君、それから僕が居残り組でした。雨宮君は子供を二人殺したって罪で少年院にきたわけですよね。そういう人は幼稚園訪問のメンバーから外されるみたいです。堂城君がどうして外されたのかは、謹慎が解けてから知りました」

少年院には毎日、新聞を読む時間がある。何紙かの新聞を回し読みする仕組みで、小堺君は雨宮君から新聞を受け取っていたという。

「新聞紙に、挟まってるんですよ。鉛筆で文字の書かれたトイレットペーパーが。本当はそうやって隠れてやり取りするのは禁止されてるんです。だから最初のうちは無視してました。でも、書いてある内容はついつい読んでしまうんです」

日々、様々なことが書かれていたという。その中でも、

『堂城君は性犯罪者。だから幼稚園に行けなかった』

というメッセージには驚いたという。

「だって、あんな大人しそうな顔をして、性犯罪をしていたなんて。むっつりスケべっていうんですか？　確かに身体も大きいし、女の人を強姦《ごうかん》とか、してそうだなって思いました。もともと堂城君のことは、のろまで間抜けな奴だなあって見くだしてた。そのうえ犬まで殺して、どういう神経してるんだろうと疑問でした。さらに強姦魔だと思うと、ものすごく気持ち悪く見えてきました」

小堺君はせわしなく指を動かし、手を組み替えた。「僕も潔癖ってほどではないんですけど、強姦みたいなのは本当に嫌なんです」

小堺君は職員が席を外したすきに「何で知ってるの」とささやいた。すると雨宮君は『幼稚園訪問、居残りのとき、本人から聞いた』と書いてよこした。

幼稚園訪問の際に居残り組になった雨宮君と堂城君は、職員の目を盗んで話したのだろう。互いの犯罪内容を知った。

堂城君は十歳の少女に対する傷害致死の罪に問われていた。性的な悪戯《いたずら》をしようと公衆トイレに連れ込み、女の子に抵抗されたために暴力を振るった。その犯罪内容を勘案して、幼稚園の訪問メンバーから外されたのだ。

雨宮君は、堂城君の罪状を曲解して小堺君に告げたことになる。堂城君は他の女の子に対する性的暴行の余罪はあったものの、性犯罪そのものを理由に少年院送致が決まったわけではなかった。

おそらく雨宮君にとって、性犯罪というのは犯罪の中でも「カッコ悪い」「イケてない」「恥ずかしい」ものというイメージがあり、面白おかしく堂城君をおとしめる目的で「堂城君は性犯罪者」と伝えたのではないかと推測された。

雨宮君の話を聞いた小堺君は、性犯罪という言葉のイメージと、堂城君の大きな体格からの連想で、堂城君は強姦犯だと勘違いした。そして今に至るまで、小堺君の勘違いは解かれていないようだ。

何気ない会話だったが、私にとっては大きな収穫だった。

というのも、少年A、すなわち堂城君を殺害した美雪は、少年Aの情報を集める際に以下のような文章を発表していた。

『××年×月×日、S県T市××町三丁目―十六　中央東《ちゅうおうひがし》公園内で、娘の有海《あみ》、十歳が無惨にも首を絞められ、殺されました。犯人をさがしています。犯人は、犯行当時十五歳の少年でした。そのために、氏名も顔写真も公開されず、N少年院で一年三カ月をすごしただけで釈放。今ものうのうと生きています。情報求む。有益な情報には謝礼二百万円』

麦わら帽子をかぶってニッコリと笑う有海の写真が添えられている。

充分に同情を誘う内容だったが、堂城君が性的な悪戯をしようとしていたことは記されていない。被害少女の名誉を守るためにあえて伏せたのだろうと思われた。

この募集文からでは、小堺君は少年Aが堂城君だと分からなかっただろう。堂城君について情報提供することもできない。

つまり、小堺君は少年Bではないということになる。

五人の少年のうち、雨宮君は早々に少年B候補から外れた。「目には目を事件」があったとき、雨宮君はまだN少年院にいたからだ。外部と連絡をとるのはまず難しい。

そして嘘をつくときの癖からすると、大坂君も少年Bではないようだ。

さらに罪名を勘違いしていた小堺君も候補から外れた。

少年Bは残る二人のうちいずれか、進藤君か、岩田君ということになる。

以前話したとき、小堺君は、大坂君、堂城君と三人でいたときはまだ平和だった、新しい人が入ってきてからダルくなったと言っていた。

誰のことかと改めて尋ねると、

「ああ、その話ですか。進藤君ですよ。あいつ、本当うざくて」

ため息をついてから、不味《まず》い物でも食べたかのように口元を歪《ゆが》めた。

「一時期、雨宮君と僕とは結構仲が良かったんです。『普通』になれない者同士、通じるものがあったんですかね。ほら、雨宮君も猟奇殺人犯とか言って、かなり話題になってたでしょ？実際は大人しい感じの子だけど、確かに底知れないところがありました。誰に対しても無関心で、プログラムでもまったくやる気を見せない。先生たちにも心を開いていない印象でした。でもどういうわけか、僕にはたまに絡んできてたんですよ。新聞を回すときにトイレットペーパーのメモを挟んでたってのはさっき話したと思うんですけど。配膳《はいぜん》係とか、清掃係とかで一緒になることも多くて、ボソボソッと話しかけてきたり。今日のメシ不味かったとか、青柳主任は離婚歴があるらしいとか、どうでもいい話題ばかりですけど。でもそうやって言葉を交わしてる時点で、僕だけ特別扱いされているのかなって思いました」

小堺君の頰は紅潮し、どんどん早口になっていった。一度スイッチが入ると、制止する間も与えずに話し続ける。小堺君の癖のようだ。

「それで、雨宮君と僕がつるんでいると、進藤君が割り込んでくるんですよ。三人で仲良くしようというよりも、『雨宮君の相棒は俺だ！』っていうテンションで。しかも雨宮君と僕は小さい声で、先生たちの目を盗んで話してるってのに、進藤君はやたら声が大きい。だからすぐに先生に見つかって注意される。注意されてるのに声のボリュームを落とさない。本当にこの人、馬鹿なんだなって思いました。馬鹿につきまとわれて、雨宮君も可哀想でした」

「もう一人の、岩田君っていうのはどういう人なの？」

話の切れ目を狙って、すかさず訊いた。

「岩田君ですか」小堺君は首をかしげた。「僕もよく分からないんです。だって、一言もしゃべらないから」

少し考え込んでから、小堺君は口を開いた。

「班で活動するときも、プログラムであてられたときも、まったくしゃべらない。だから途中から先生もあてなくなりました。でもこちらの話は理解しているようで、変な動きをする人ではなかったです。言われたことはきちんとやる。うなずいたり、首を横に振ったりはするので、しゃべれなくても意思疎通はできるんです。陰気で引っ込み思案な雰囲気はありましたけど、まともな人という印象です。そういえば岩田君はものすごく潔癖でしたね。農作業の後は何度も繰り返し手を洗って、自分の身体の臭いをかいだりして、気にしてる様子でした。風呂が何日かに一回なので、くさいのは皆一緒で、臭いなんて気にしなくていいのに、真面目なんでしょうね」

「岩田君が誰かと仲が良かったり、悪かったりってのはあった？」

「いや、別に。だって、話さないですしね。でも、そういえば。先生たちはどう思っていたか知らないですけど、プール開きの頃から、ミドリ班は二つの派閥に分かれていたんですよ。一つが雨宮君と僕、それに進藤君がまとわりついて、三人。もう一つが大坂君と堂城君。岩田君はどっちの派閥というわけでもなかったけど、班を二つに分けて何かやるときは大坂君と堂城君と一緒になることが多かったですね。三対三でちょうどいいので」

　小堺君は大坂君を嫌っていた。さらにきらら殺しの件で堂城君のことも軽蔑《けいべつ》している様子だ。この二人から小堺君が距離をとっていたというのはうなずけた。

他方で、雨宮君には小堺君のプライドをくすぐり、惹《ひ》きつけるものがあるのだろうと想像がついた。小堺君は、自分が「普通」ではないと思いたいタイプだ。そして猟奇殺人犯として世間で騒がれた雨宮君は明らかに「普通」ではない。雨宮君と仲良くする自分に酔うところがあったのではないか。

「プール開きと言えば、変な事件がありましたよ。話しているうちに思い出しました」

N少年院には野外プールがある。多くの少年はスイミングクラブとは無縁の生活を送っており、学校の授業にも真面目に参加していない。入院時点では泳げない子も多い。泳げるようになるまで、夏のあいだ、数カ月をかけて泳ぎの練習をするという。

「事件が起きたのはプールの練習初日でした。ピチピチのダサい水着に着替えるのは、正直嫌でしたけど。冷水シャワーで頭を洗って、これまたダサいキャップをかぶって、足洗い場でくるぶしまでの汚れを落としてから、プールに入りました。まずは追いかけっこをしたんです。顔を水につけるのが怖いって人もいるんで、水の中で動くのに慣れるってことで」

青柳主任が「誰か鬼をしたい奴はいるか?」と訊いたら、大坂君がいの一番に「やります!」と手を挙げたという。

大坂君は泳げるわけではなかった。だが大股《おおまた》で歩いて、おろおろしている堂城君にまずタッチした。さらに動きづらそうにしている岩田君にタッチし、近くにいた雨宮君にもタッチした。かなり素早い動きだったという。

その瞬間、大坂君が何かにつまずいたかのように、ズコッとこけた。

頭から水に飛び込む恰好《かっこう》になり、もともと水に慣れていない大坂君は手足をばたつかせてパニック状態だったという。

慌てて岩田君が大坂君の身体をつかんで、プールサイドにあげてやった。青柳主任もすぐに駆けつけ、大坂君の様子を確認した。水を少し飲んだだけで異常はなかったという。

「何か、硬いものを踏んだんですけど」

水を吐いて咳《せき》をしながら、大坂君は言った。

雨宮君はプールの中央でぼんやり立ったままだった。その足元に進藤君が近づいていって、ちょっとだけ水に潜って頭をあげた。

「これですかァー?」

進藤君は呑気《のんき》な大声をあげた。手には、白いガーゼを丸めたものが握られていた。温泉まんじゅうくらいの大きさだったという。

プールサイドでガーゼを開いてみると、砂利石がゴロゴロと出てきたという。

大坂君は雨宮君を指さして叫んだ。「お前、お前が仕組んだんだろ!」

だがすぐに気を取り直したらしく、青柳主任に向かって言った。

「すみません。びっくりして私語をしました。ただ、さっき俺たちが立っていた場所から考えて、雨宮君が嫌がらせのために、これを足元に転がしたんだと思います」

大坂君は口をきゅっと結び、白いガーゼと、その上にのった砂利石に視線を落とした。

雨宮君はゆっくりと近づいてきて、大坂君を小馬鹿にしたように薄く笑った。

「僕だったらどうするわけ？　そんなでかい図体《ずうたい》して、泳げないんだ。おうち、貧乏だったの？」

「おい、雨宮！」青柳主任がにらみつけると、雨宮君は押し黙った。

大坂君は肩を小さく揺らして震えていたという。

無関心な両親のもとに育った大坂君は、スイミングスクールに通うなど夢のまた夢だっただろう。他の生徒と一緒に遊びに行くのも禁止されていたから、夏休みに友達と市営プールや海に行くこともなかったはずだ。

成育環境を揶揄《やゆ》されて、腹が立ったに違いない。だが大坂君は言い返さなかった。震えながら雨宮君をにらみつけただけだ。

事態をややこしくしたのは進藤君だった。

「先生、これ、見てください！」

いつも通り、大声で明るく言った。「チン毛です。チン毛！」

一同が、「えっ？」という表情で進藤君を見たという。

注目を浴びて進藤君は勢いづいた。

「ほら、このガーゼと砂利の間に、縮れた毛が挟まってるでしょ。チン毛ですよ！」嬉しそうに続けた。「プールに入るとき、皆、手ぶらだったのに、どうやってこれをプールの底に転がしたんだろうって、不思議に思うじゃないですか。俺、ミステリーとか好きなんですよ。映画派ですけど。だから疑問に思ってたんですけど、ひらめきました。水着の股のところに入れて持ち込んだんですよ。さすが雨宮君、天才だなあ！」

進藤君は雨宮君に満面の笑みを向けた。

水を打ったように周囲はしんと静まり返った。一拍おいてニイニイゼミがせわしなく鳴き出し、少年らの沈黙に吸い込まれるように響いていた。

雨宮君は「マジで嫌そうな顔で、進藤君のことを見た」という。

「もうほんと、虫けらでも見るような目でした」小堺君は嬉しそうに口をすぼめて語った。

「進藤君って本当馬鹿だから。あの瞬間、進藤君は完全に雨宮君に嫌われたんですよ」

雨宮君は珍しく顔を真っ赤にして、「僕じゃない！」と短く叫んだ。女の子みたいに高い声だったから、小堺君もびっくりしたという。

先生たちがよってきて、少年らを引き離してその日の練習は個別に行われることになった。

その日を境に、大坂君は雨宮君を敵対視するようになったという。卑劣な手でおとしめられたうえに、成育環境についても嫌みを言われたのだから、大坂君が雨宮君を嫌うのも仕方ないように思えた。

雨宮君は雨宮君で、不機嫌そうな日が続いたらしい。進藤君が連呼した「チン毛」という言葉が雨宮君のプライドを著しく傷つけたのは想像に難くない。

騒ぎ立てた進藤君へのあたりが強くなると同時に、事の発端である大坂君に対しても腹を立てている様子だったという。

「大坂君がこけなければ、何も起きなかったわけでしょ」小堺君は大きくため息をついた。

「どうせ大坂君の自作自演ですよ。青柳主任にかまって欲しくて、わざとこけたんでしょ。少なくとも僕は、そう思っています」

事の真偽が分かったのは、この少し後、岩田君との面会が叶《かな》ってからだった。

3　岩田優輔君（仮名）の話

いくつもの座敷が奥へとつながる大きな家だった。からりとした秋の空気をつたって、山寺の鐘の音が遠くから響いてくる。

N県東部K山のふもとで森に抱かれるようにひっそりと立つ民家で岩田君は生まれた。六つ年の離れた姉がいる末っ子だ。

がっしりと骨が太い感じの子供で、熱ひとつ出すことがなかった。三キロ先にある小学校には毎朝徒歩で通った。同級生は八人だけで、小中学生を合わせても村に子供は六十人ちょっとしかいない。当然全員が顔見知りだった。

「優《ゆう》ちゃんには、どもりがあった」

同級生は口々にそう言った。

岩田君には吃音《きつおん》があり、最初の一音がなかなか出てこなかったり、あるいは「ぼぼぼ、僕は」というように重ねて音を発したりする。出席をとるとき、国語の授業で朗読するとき、あいさつ当番のときなど、様々な場面で吃音が出た。数人の生徒が「変な話し方やね」とか「なんでそういう話し方するん？」と言うこともあったが、先生が注意すると、からかいはなくなった。

「小さい頃から知ってますから、そういう話し方の子やなってだけで、それ以上のことはありませんでした」

小学校で同じクラスだった林田《はやしだ》君（仮名）は言う。「口数はあんまし多くなかったけど、こっちの話してることはよう聞いてるし、特に変な子ではなかったですね」

仲良しグループができるほどの児童数ではない。同級生八人と、一個上、一個下の子たち合わせて二十人ほどでよく遊ぶ平和な学校生活だったようだ。

ところが、岩田君の母、亮子《りょうこ》（仮名）は危機感を抱いていた。岩田君が五歳の頃、亮子は岩田君を連れて言語聴覚士に相談に行った。その際、「吃音の原因は母親の愛情不足だから、もっと息子さんのことを見てやってください」と言われて、大変なショックを受けたという。現在は研究が進み、先天的な要因も発見されているが、当時は母親の養育に原因を求める傾向が強かった。

亮子は伝手をたどってほうぼうの病院に岩田君を連れて行った。ところが「そのうち治りますよ」「様子を見ましょう」と言われるばかりでこれといった治療法を示されない。吃音だということをことさらに意識すると悪化するかもしれない。そう考えた亮子は、家の中で吃音について触れることを避けるようになる。岩田君の口から話題にあがることもなかった。というか、岩田君はどんどん無口になり、中学に入る頃にはほとんど喋《しゃべ》らなくなっていた。

一方、父の義弘《よしひろ》(仮名)は、事態をさほど深刻にとらえていなかった。

「僕も無口なほうですし、思春期の男の子なんて、そんなもんだろうと思っとりました」

どっしりとした黒檀《こくたん》の座卓の向こうで、義弘は背を丸めた。古びた長袖のラガーシャツを手首いっぱいまで伸ばして着ている。隣には、いがぐり頭でジャージ姿の岩田君が黙ったまま座っていた。

何度か取材を申し込み、何とか面会が叶った。カメラマンや編集者を同行させず、私一人が実家に足を運ぶ約束だった。

通されたのは八畳ほどの和室だ。黒光りする床板やヒノキ原木の床柱が立派である。欄間には松竹梅が細かく彫り込まれていた。しかし手の込んだ造りとは裏腹に、畳は日に焼けて毛羽立ち、ところどころたわんでいる。座布団もなく、茶や茶菓子が出されることもなかった。歓迎されていない証《あかし》とも思われたが、義弘や岩田君も座布団なしであぐらをかいて座っている。

座卓の上には丸めたティッシュペーパーが山のように積まれていた。鼻炎を患っているらしい義弘が、話の合間に大きな音を立てて鼻をかんでは、鼻紙を積んでいく。奥の座敷にも廊下にも、足の踏み場のないほどにゴミ袋が並んでいる。部屋には不快な酸っぱい臭いが充満していたが、義弘たちが気にする様子はない。

「部活は、野球部でした。生徒数が少ないんで、男の子はみんな野球部です。小さい頃からやりますから、それなりに強いんですよ」

義弘は仰ぎ見るように後ろを振り返った。視線の先には地区大会四位の表彰状が飾られていた。

「中学までは、みんな知ってる間柄ですし、部活も一生懸命やって、グレる暇なんてなかったんですよ。あれが始まったのは高校に入ってからですね」

岩田君はうなだれたまま、何かを観念したかのようにうなずいた。

学業成績が良かった岩田君は、村外の私立高校に入学した。村からは何年かに一度その学校に進学する者がいて、たいていは地元の国立大学に進み、公務員として就職するために地元に戻る。地元のエリートコースだった。周囲も盛んに進学を祝ってくれて、一個下の学年の子たちが中心となって「岩田先輩へ」と飾り文字で記されたよせ書きが贈られたほどだ。

県外からの入学者も多い進学校だったため、学生寮が完備されていた。厳しいスケジュール管理のもと勉強させることで有名な男子校である。食事は食堂、風呂は大浴場、勉強は自習室が用意されている。プライベートな空間は四人部屋に二つおかれた二段ベッドの中だけだった。

「少年院」岩田君がぼそりと口を開いた。「の、ほうが、ずっとすごしやすかったです」

話を聞き始めて三十分ほど経ったときだった。ゴツゴツとした見た目とは裏腹に、少しかん高くて、裏返ったような声だった。

「学校、は、軍隊というか、監獄みたいな感じで。僕は嫌でした。少年院は個室だったから、ずっと良かった」

ところどころ突っかかりながら話すため時間はかかるものの、話す内容は明晰《めいせき》だった。

進学した高校で、岩田君は酷《ひど》いいじめにあう。物を隠されたり、無視されたり、わざとぶつかられたりした。寮内では風呂やトイレで盗撮にあうこともあった。撮られた写真はSNSのチャットグループで秘密裡《ひみつり》に拡散された。

「いじめが始まったきっかけはあったの？」

吃音が原因となっていじめが始まったのではないかと予想しながら尋ねると、

「いえ。これといった、きっかけはないんです」

と岩田君は首を横に振った。

「でも、僕の顔が、不細工だからってのが、まず大きいと思います。あと、あそこ、が、小さいんです」

「えっ？　あそこ？」

思わず訊き返すと、岩田君は身体の前で腕を組んで、急にもじもじし始めた。

「そうです。仮谷さんは女性だから、分からないかもしれませんけど、僕のあそこは、本当に小さくて、見る人を不快にさせるみたいなんです。究極的には、それがいじめられた原因だと思うんです」

隣で義弘がハァとため息をついた。

「すみません。本人には何度も気にしすぎだと言って聞かせてるんですが」

岩田君は心療内科に通い、醜形恐怖症についてカウンセリングを受けているという。本人が訴える内容は様々だが、一番多いのは男性器が小さすぎるということ、次に顔が醜いことだ。

岩田君はいわゆる美形ではないものの、くっきりとした実直そうな顔立ちをしている。他人に不快感を与えるような見た目では決してない。また診断した医師によると、男性器の大きさも平均よりやや小さい程度で、生殖機能面での障害は特にないという。

医師や義弘は、外形上の異常はない旨を何度も伝えている。だが本人はなかなか納得しない。

本人によると、気になりだしたのは高校に入ってすぐのタイミングらしい。大浴場で身体を洗っているときに隣の子から「ちっちぇーな」とからかわれたことがあるという。だが外形について他人からからかわれたのはその一度だけだ。顔について人から何か言われたことはないという。

「みんな、僕のことを不快に思ってるから、あえて口にしないだけです。裏では写真が出回ってるってのも、僕が不細工すぎて、周りに嫌な思いをさせていたからですよ」

前のめりになって、確信ありげな口調で話す。

「絶対整形したほうがいいのに、両親は反対して、させてくれませんでした。あそこを大きくするのはそもそも無理かもしれませんけど、なるべく人目につかないようにして、あと詰め物をしたりして、小ささが服の上から目立たないように気をつけていました」

あまりに強迫観念じみていて滑稽《こっけい》な印象すら受けるが、本人は大真面目な様子だ。

「ちなみに、吃音は高校に入ったとき、どういう状態だったの？」

「吃音がバレるのが嫌で、僕はほとんど喋らないようにしていました。どもるよりは喋らないほうがいいと思って。授業中にあてられても黙ってました。そのうち先生たちも慣れて、順番を飛ばしてくれるので」

「喋らないことで悪目立ちして、いじめのきっかけになってしまったのでは？」

「いや、そうじゃないと思います。単純に、僕のあそこが小さいのと、顔が不細工だからだと思います」

やたらはっきりと言い切るのが気になった。

喋らないことで集団生活の中で浮いてしまい、いじめにつながったと考えるほうが明らかに常識的だ。だが本人は吃音のせいでいじめにあったとは絶対に認めず、醜形の問題に帰着させようとしている。

高校入学当初は無口ながらも多少発話していたらしい。ところが学校でも寮でも居場所を失うにつれて、完全に口を利かなくなっていった。本人としては「話さなくていいのは楽」だったという。だが疎外感とストレスは着実に蓄積されていったようだ。

高校一年生の夏休みのことだ。帰省した際、岩田君は「うおーッ」と唸《うな》り声をあげながら、母の亮子に殴りかかった。突然の出来事で、亮子も、義弘も理由が分からなかった。義弘に取り押さえられた岩田君は、両手を激しく振り回しながら、「お前らのせいだ」などと口走っていたという。

「僕の見た目とか、あそこの大きさとか、遺伝なわけですよね。両親のせいでいじめられているんだという気持ちが強くて、暴れてしまったんだと思います」

今となっては冷静に振り返ることができるが、当時は「自分でも訳が分からなかった」という。夏休みのあいだじゅう、突然爆発して暴れるようなことが続いた。義弘がその場にいればすぐに取り押さえられたが、そうでない場合は、亮子を一方的に殴りつけ、目のまわりに大きなあざをつくったこともある。だが両親は警察に届けるなど思いもしなかった。ストレスによる一時的なもので、学校に慣れてくれれば落ち着くだろうと考えていたのだ。

ところが岩田君は、帰省のたびに暴れた。姉がもっとも被害にあった。腹やすねにできたあざが二週間経っても治らないこともあった。困り果てた両親が学校に岩田君の様子を問い合わせたところ、岩田君は学校でほとんど喋っていないということを知らされる。

「学校もね、早めに教えてくれたらいいのに。進学実績重視のところだから」義弘はため息をつきながら言った。「一応、この子は自習とか課題は真面目にやって、ペーパーテストの成績も上々だったんで、無口なことは問題視してなかったようなんですわ」

だが、高校二年生の初夏に事件は起きた。一カ月みっちりと泳ぎの練習をして、夏休みに開催される遠泳大会に出場するのが、二年生の恒例行事だった。初回の練習日に、ロッカールームで岩田君が暴れ、両脇にいた二人の生徒に全治二週間の打撲傷を負わせたのだ。

体育教師、クラス担任、学年主任、生徒指導担当等、様々な教師が聴取を行ったが、岩田君は一言も話さなかった。結果として彼はそのまま停学処分となる。

「着替えのとき、両脇の子たちが僕のあそこをのぞき込んできたんです」

私に対して岩田君は力説した。「それが嫌だったんで、つい暴れてしまったんです」

一人ならまだしも、両脇の二人ともがのぞき込んでくるようなことがあり得るのだろうか。現実的ではないように思われたが、本人は真剣そのものだ。

「聴取のとき、事情を話さなかったのは、話せなかったんじゃなくて、わざとです。そのまま停学になれば、遠泳に参加しなくていいでしょ。僕、海パンって嫌なんです。あそこが小さいってことが外から分かるでしょ。それでみんな、不快な思いをするだろうから」

海パン姿の股間《こかん》部分をまじまじと見る人のほうが少ないはずだし、それほど目立つものでもないはずだ。仮に岩田君の股間のふくらみが小さかったとしても、それで不快に思う人はまずいないだろう。だが本来気にする必要のないことまで強迫的に気にするのが醜形恐怖症の特徴である。

案の定、岩田君は大真面目な口調で言った。

「みんなに迷惑をかけたくないし、遠泳には参加しないほうがいいと思ったから、そのまま停学になろうと思って、聴取でも喋らなかったんです」

結果として停学処分になったものの、警察沙汰にはならなかった。事件が起きたのは停学期間中、寮から実家に帰されてからだった。

岩田君の実家での暴力は、日に日に激しくなっていた。素手で殴る蹴《け》るはあたり前だった。椅子を振り回したり、食器を投げたりすることもあった。たいてい「うおーッ」と獣のような叫び声をあげる。外では大人しくしているぶん、実家に戻るとタガが外れるようだった。

専業主婦の亮子は常に暴力にさらされた。岩田君が暴れ始めると、地震をやりすごすようにダイニングテーブルの下に身を小さくして隠れた。ダイニングテーブルの下のスペースはあまり広くないため入ってきづらい。岩田君は亮子の腕をつかんで引っ張り出して、殴っていたという。亮子の身体にあざは絶えなかった。

だが一番の被害者は、岩田君の姉、優美《ゆみ》（仮名）だった。優美は高校卒業後、郵便局の地域限定職員として就職した。実家から車で通勤し、夜七時前には帰ってきて、母の亮子とともに台所に立つ。両親思いの働き者だった。

ある日、優美が帰宅すると、岩田君が亮子に馬乗りになって、その首を絞めていた。優美は

「やめなさい！」と叫んで、岩田君に通勤鞄《かばん》を投げつけた。

ひるんだらしい岩田君は亮子の首から手を離した。

優美は岩田君を羽交い締めにしようとしたが、力が足りず、居間のほうに投げ飛ばされてしまう。そのとき、柱に強く頭を打ったらしい。優美はぐったりとした。だがしばらくすると、すっくと立ちあがって台所に駆け込み、包丁を手にして戻ってきた。

「あんた、これ以上、好きにさせない。もう今日で決着をつけてやる」

と叫んで、岩田君に刃先を向けた。

亮子は「やめて、やめてぇー！」と金切り声をあげた。

けれども優美は止まらなかった。両手でしっかり包丁を持ち、岩田君に向かって突進した。

岩田君は身を硬くして、飾り棚におかれた有田焼《ありたやき》の壺《つぼ》を手にした。身体をひるがえして優美の刃《やいば》を避《よ》け、脇から力いっぱい、壺を振りおろした。

壺は優美の頭を直撃した。不思議なことに、目立った外傷はなく、血も流れなかった。だが優美はその場にぱたりと倒れた。

岩田君は茫然《ぼうぜん》と姉の身体を見おろしていたという。

母、亮子は慌てて救急車を呼んだ。かけつけた救急隊員が警察に連絡し、岩田君は逮捕されることになる。

優美は市内の総合病院に運び込まれ、集中治療室で丸二日間治療を受けた末、一命をとりとめた。だがその意識は、事件から三年以上が経つ今でも戻っていない。

岩田君は鑑別所に送られ、その後少年院で約一年半をすごした。

高校在学時と同様一言も話さなかったが、行動は模範的で、課題や作文の出来もよかった。在院中に高卒認定試験にも合格している。退院後は近隣の情報系の専門学校に入学したが、上手く馴染《なじ》めず、半年ほどで中退し、現在は実家で義弘とともに暮らしているという。

父の義弘は村役場の出納室に勤めていたが、岩田君が事件を起こしたことをきっかけに退職を余儀なくされた。現在は配送ドライバーをしている。この家から立ち退《の》かないのは、「僕なりの意地」だという。

「この子が帰ってきたとき、環境が変わるとまた荒れるかもしれないので……妻はおびえきって、親戚《しんせき》の家に身をよせています。かといって、この子を一人にするわけにもいきませんから、二人で住むにはちょっと広いですけど、僕がこの家に残っているんです」

小柄ながらむっちりとした身体つきの義弘であれば、岩田君が暴れても押さえられるかもしれない。だが一方は二十歳前、もう一方は五十すぎ。体力の差はあるだろう。

長袖のラガーシャツを着ているため、義弘の身体にあざなどがあるかどうかは確認できない。

こちらの視線を読み取ったように義弘は微笑んだ。

「最近は平気ですよ。少年院にいた頃は、運動だったり、農作業だったりで身体を動かしていたので、気持ちも落ち着いていたようです。うちは兼業ですけど米をつくっているので、その手伝いとか、やってもらって、なるべく身体を動かしてもらってるんです」

義弘の横で、岩田君は分厚い身体を折りたたむように猫背になって、頭をかいた。褒められたわけでもないのに、照れたような笑みを浮かべている。

「家のこともすべて義弘さんがなさってるんですか？」

「そら、そうですよ」義弘は破顔した。「こう見えて、僕、料理は得意なんです。何か召しあがっていきますか？」

腰を半分浮かせた義弘に対して「いえ、結構です」と慌てて声をかけた。

だが義弘は思い出したように「お茶淹《い》れます」と言って和室を出ていった。引きずるような足音が長く続いて聞こえる。客間と生活スペースは離れているようだった。だがその客間の目前までゴミ袋の山が到達している。家全体をゴミが呑《の》み込みつつあるようだった。

「もしかして」ふいに頭に浮かんだ考えを口にした。「少年院のプール開きのとき、ガーゼにくるんだ砂利石をプールに持ち込んだのは、岩田君？」

「そうです」表情のない顔で岩田君はうなずいた。「だって、あそこが小さすぎるとバレたら、みんなに迷惑をかけますから」

プールでの鬼ごっこの際、大坂君は岩田君にタッチしたのち、雨宮君にタッチした。その直後、ガーゼに包まれた砂利石につまずいてこけた。雨宮君が持ち込んだものと思われていたが、位置関係的には岩田君でもおかしくない。

少年院に入る前も、詰め物をして股間の小ささが服の上から目立たないようにしていたという。少年院でピチッとしたデザインの水着を着用するとなれば、かなり神経質になるだろう。

「少年院にいた頃は一言も話さなかったそうだね？」

「はい」

「それはなんで？」

「……あのときは、吃音を隠したくて、話さないって、決めているつもりでした。でも、今考えると、話せなかったんだと思います」

首をかしげながら、いがぐり頭をしきりにかく。普段から同じところを強くかきすぎているようで、かいているところが赤い傷になって、ただれているのが見えた。

「鑑別所に入って、少年院に行って、お医者さんとか、カウンセラーとか、色んな人と何度も面談しました。みんな、吃音がすべての原因だと言うんですね。吃音のせいで話さなくなって、話さないせいで学校でいじめられて、でもそのストレスを誰かに話して共有することもできなくて、ため込んだ苛立ちを家族にぶつけたのだろうと、そう言うんです。でも、そんなのは僕からしたら、全部デタラメ。あそこが小さくて、顔が不細工なことに絶望してるだけなんですよ、僕は。それで家族に対して怒りが湧いて、八つあたりしてしまったのです」

岩田君は自分なりの理解を周囲に繰り返し筆談で伝えたが、誰も信じてくれなかったという。そんなとき、少年院の面談で、担任の職員が言った。

「君が見た目で悩んでいるのは分かった。仮に、君に見た目の問題があるとしよう。その場合、見た目の問題と、話さないことと、二つの問題があるように、外からは見える。君が話すようになったら、見た目の問題だけが原因だなってみんな分かるんじゃないか」

岩田君も、なるほど確かに、と思ったそうだ。

「それで、僕、話してみようと思いました。けど、声が出なかったんですね。それで気づきました。絶対吃音だとバレないようにしたいと思っていて、しかもそう思っていた期間が長すぎて、声が出なくなってるんだなって」

「今は普通に話せているけど、いつから話せるようになったの？」

「少年院を出て、半年以上経ってからですよ。今年の春くらいからかな。テレビを見ていて、ハハッと笑ったんです。声が出ていてびっくりしました。退院後ずっと、お父さんと二人きりだったんで、あんまり気を遣わないですんでいて、ストレスをためすぎなかったのが良かったのかもしれません。今はこうやって、言いやすい言葉を選びながら、ゆっくりとなら普通に話せるようになりましたし」

岩田君は照れたように笑いながら、再び頭をかいた。傷が開いたのか、指先に赤い血がつく。本人はそれを気にすることもなく微笑んでいる。

「少年院、行ってよかったです。ストレスをためない生き方、工夫するようになりました。ストレスっていうと自分のことだけど、自分を大事にしないと、周りに迷惑をかける。姉ちゃんも、まだ意識が戻らないわけです。僕は面会禁止になってるんで、姉ちゃんの様子を見に行くこともできないんですけど……夢に出てきます。暴れたときの記憶じゃなくて、優しかったときの姉ちゃんの顔とか、そういうの。どうしていいか分からないです。多分、お母さんは一生、僕のことを許さないんだと思うし……お父さんも、仕方なく、僕の面倒を見てるんだろうから。どうにかしなきゃと思うんですけど。だってやっぱり、僕の顔とか、あそこの小ささとか、気になるでしょう？」

「えっ？」私は固まった。

吃音の軽減、ストレスをためない暮らし、家族への懺悔《ざんげ》と思考が進んでいたのに、いつの間にか話が醜形へのこだわりに戻ってきている。

岩田君は前かがみになって、こちらをのぞき込むようにまっすぐ見つめてきた。

「いや、すっとぼけなくていいんです。気を遣わないでください。こうやって喋れるようになって、いよいよハッキリしました。やっぱり、僕の見た目が悪いせいで、全部うまくいかないんだなって。全部というか対人関係全般ですね。でも整形とか、させてくれないし。結果として、対人恐怖が残ってるんです。でもストレスをためると暴れてしまうから……今のところは、なるべく人と会わないってのが最善だなと思ってるんです」

足をひきずるように、廊下をゆっくりと歩いてくる義弘の足音が聞こえた。

何度か取材を申し込み、やっと実現した面会だった。カメラマンや編集者を連れずに一人できてほしいと頼まれたのも、対人恐怖を抱える岩田君を刺激しないためだったのかもしれない。もしかすると客が私一人だったとしても、岩田君のストレスとなる可能性はある。

岩田君は学校でも少年院でもおおむね優等生だった。そのストレスの捌《は》け口は常に家の中、家族に向かっていた。もし暴れるとしたら、私が帰ったあとだ。

「お茶、お待たせしました。ゆっくりしていってください」

障子からのぞいた義弘の顔は、すべてを諦《あきら》めたように生気がない。背を丸めながら、私の前に湯飲みを差し出す。すえたような臭いがどこからともなく漂ってきて鼻腔《びこう》に刺さる。吐き気が込みあげてきた。

4　運動会

「少年院で印象的だったこと、ですか？」

岩田君は怪訝《けげん》そうに目を細めた。

「目には目を事件」を追っていると事前に伝えてあったが、面談の場では強調しなかった。

これまでの調べで、堂城君について被害者遺族に密告した「少年Ｂ」は岩田君か進藤君の二人に絞られていた。二人のうちどちらかが堂城君に恨みを抱いていて、密告に及んだ可能性もある。まずは岩田君から見た少年院の生活を聴き取るのがよいだろうと思われた。

座卓を挟んで向かい側に座る岩田君をじっと見つめる。口を小さく開いて呆《ほう》けたような顔をしている。隣には、父親の義弘がうなだれるように目を伏せて座っていた。

「そうですね、特にこれといったことはないですけど。強いて言えば……ご存じでしょうけど九月に運動会があって、その練習が意外と大変でした」

一カ月以上前から、整列、行進、ラジオ体操、リレー、玉入れ等、運動会に向けた練習が始まるらしい。N少年院に入っている少年は全班合わせても三十人ほどだ。原則として全員が全競技に出ることになるので、競技練習だけでもかなり大変だったという。

「ラジオ体操とか、小学生以来でしょ。みんな本気で、ぴょんぴょんジャンプしてやるから、ちょっと怖いくらいです。リレーの練習もかなり揉《も》めました。班対抗でやるので、各班ごとに練習するんですけど、一人不器用な人がいると総崩れになっちゃうんです」

バトンを受け渡す練習を繰り返し行ったが、どうしても堂城君と進藤君がバトンを取り落としてしまうらしい。

「二人とも足は遅くないんですけど、バトンを受け取ったり渡したりっていう動作がスムーズにできないんですよ。根本的に身体の動かし方が下手なんだと思うんですけど……僕も不器用な方なので、バトンミスをしそうでヒヤヒヤしていました。けど二人がいたおかげで僕には注目がほとんど集まらなかったのは助かりました」

走順を変えて試してみても、なかなかうまくいかない。そこで、三人ずつ二つのグループに分かれて練習することになった。

「堂城君と進藤君は別グループです。二人が同じグループにいるとしっちゃかめっちゃかになりますんで。青柳主任が『他のみんなも二つに分かれろ』と指示を出すと、小堺君がまず、進藤君と同じグループになるよう立候補しました。というのも、小堺君は堂城君と一緒に練習をしたくなかったみたいなんです。以前、きららという犬が殺される事件がありました。小堺君はその事件の犯人は堂城君だと主張して、泣き叫んで暴れたこともありました。堂城君をかなり恨んでいたんだと思います」

「なるほど。進藤君と小堺君のグループ、そして堂城君のグループができたと」

「はい。それで次に大坂君が挙手をして、堂城君と同じグループに入りました。小堺君は大坂君のことも嫌っているのか、大坂君に対してとげとげしいんです。どうしてなのか理由はよく分かりません。が、大坂君としても、小堺君に嫌われているのは感じていたでしょうから、小堺君を避けて、堂城君のグループに入った」

「進藤君、小堺君のグループと、堂城君、大坂君のグループができたと」

「今度は、雨宮君が進藤君のグループを選びました。プール開き以来、雨宮君は大坂君をあからさまに避けていました。進藤君のことも好きではなさそうでしたけど、基本的に雨宮君は誰のことも好きじゃない様子だったので……一番嫌いな大坂君を避けて、進藤君のグループを選んだんだろうと思います」

「岩田君はそのあいだずっと黙って見ていたの？」

「そうですね」岩田君はこともなげにうなずいた。「僕は別に、誰かが嫌いとか、好きとか、そういうのはあんまりないんで」

確かに、中学の野球部で岩田君と一緒だった高木《たかぎ》君（仮名）によると、

「マイペースな感じでした。練習が終わるとさっさと帰っちゃう。練習後に何人かで買い食いするんですけど、そういうのにも交じらないんです。でも寂しいと感じている様子もなくて。一人でいるのが平気な人というか、一人のほうが心地よいタイプなんだろうなと思ってました。周りも別に岩田君を強く誘ったりはしませんし。あいつはそういうやつ、って感じで通ってました」

周りをよく見ていて、必要な道具があればスッと持ってくる。グラウンド整備も綺麗《きれい》にやっていたという。

「最後に残った僕は堂城君と大坂君のグループに入りました。結果的に、堂城君、大坂君、僕のグループと、進藤君、小堺君、雨宮君のグループに分かれて練習したわけです」

ところが、このグループ分けが思わぬ波紋を呼ぶ。運動会の練習時間にとどまらず、清掃の時間やホールで食事をとるときも、三人ずつの組み合わせで行動するようになる。誰が言い出したわけでもない。

「ただなんとなく、それがいつものメンツという感じになったので」

ついに運動会当日を迎えた。台風がすぎ去った翌々日で、まだ暑さの残る日だった。湿度が高く、外にいるだけで蒸されるような不快感があったという。

「僕らはいつもの白いショートパンツに白い半袖Tシャツという服装です。汗が目立つので、汗っかきの僕は気になってたまりませんでした」

岩田君は、「僕、汗くさくって……今日は気になりませんか？」とその場でも訊いてきた。美醜にこだわりがある以外に、自分の臭いも気にしているようだ。面会をしていたその部屋全体からすえたような臭いがしていたが、むしろそれを気にする様子はない。

三十人ほどの少年らが手足をそろえて行進して入場し、そのままラジオ体操をした。選手宣誓は大坂君が立候補して行った。玉入れ、綱引きといった競技をこなし、リレーも無事に終えた。

「散々練習したから失敗はしなかったんですけど、走るのが速いわけではないし、人数の多い一種の子たちと比べると一人あたりの走る距離が長いこともあって……三つの班の中ではビリでした。けどそれについて文句を言う人はいなくて、どちらかというと、みんな達成感があったと思います。問題は、その後の保護者参加競技です」

保護者参加競技とは、少年とその見学にきた家族が一緒になって取り組む競技だ。毎年競技が替わり、前年は背中風船割り、その前はカーペットボール運びだった。

「僕たちが参加した年は、パン食い競走でした。スタートの合図とともに少年が走って、紐《ひも》を取りに行きます。紐を手に入れたら、家族ゾーンに走っていって、家族の名前を呼ぶ。見にきているのがお母さんだったら『お母さん！』と大声で呼ぶんですね。僕の場合、お父さんが見にきていたものの、声が出なくて、手を振るだけでしたけど」

岩田君の隣でうなだれていた義弘が思い出したように顔をあげ、かすかに笑った。

「あれは、親としてはありがたいイベントでした。本当に久しぶりに子供とコミュニケーションをとれましたし。紐で足を縛って二人三脚をして、パン食いエリアにきたら一緒に同じパンにかじりつくので、タイミングを合わせるのが難しくて、必死でした。照れや遠慮を挟む間もなくワーッと事が運ぶんでね」

岩田君もしんみりと、かみしめるようにうなずいた。「……お、お、お父さんが……きてくれて、よかったです。うちは僕のせいで姉ちゃんがあんなことになったから、お母さんは僕の顔を見たくないようでした。お父さんもこなかったらどうしようと思っていました。実際、見学者のいない少年は結構いました。ミドリ班の場合は、大坂君と堂城君の保護者はきていませんでした」

保護者が見学にきていない少年は、教官とともに保護者参加競技を行う。教官が大げさな身振りでコミカルな動きをするから、会場は終始笑いに包まれた。

「だから、保護者がいない子も哀れっぽい感じにはならないんですけど」

と、言い訳めいた口調で付け加えた。

「進藤君のところは、派手なお母さんがきてました。運動会なのにヒールとワンピースで、胸元もがっつり開いていて、水商売なのかなあという感じ。雨宮君のところは、控えめで上品な感じのお母さんが、しきりに頭をさげながら参加していました。小堺君のところは気難しそうなお父さんが一人できていて、意外でした。小堺君ってたまに独り言でお母さんが云々《うんぬん》ということを言うので、マザコンっぽいなと思ってたんです。運動会当日も、他の少年たちが『お母さーん！』と大声で保護者を呼んでるのを聞くたびに、何かに怯《おび》えたように身をすくめていて。お母さんがきてくれなかったのがよっぽどショックだったのかなと思いました。その気持ちは、僕もちょっと分かります」

昼休憩では少年院が用意した弁当を家族と一緒に食べる。普段短い面会でしか家族と会えない少年らにとっては貴重な時間だ。家族が見学にきていない少年は、教官たちと一緒に食べることになる。

「無事、運動会は終わって、その二週間くらいあとでしたかね。特別活動指導という枠で、近隣地域の側溝清掃をしていました。そしたら、急に大坂君が『うるせえ！』と大声を出したんです。横にいた雨宮君に言ったようでした。大坂君は雨宮君の胸倉をつかみました。その瞬間、近くで作業していた教官が駆けよって、二人の間に入るようにして引き離しました」

二人いた教官のうち一人が大坂君と雨宮君をどこかに連れていった。残った教官の指導のもと、他の四人は清掃作業を続けたという。

何があったのか知ったのは、さらにその翌週、大坂君と堂城君と三人でクリーニング係の仕事をしているときだった。

大坂君が言うには、雨宮君が教官の目を盗んで「お前の親、こないんだな」と言ってきたという。大坂君は最初、無視していた。

ところが雨宮君は言葉を続けた。

「親もこないのに選手宣誓なんてしちゃって。そんなに目立ちたいわけ？　目立とうとしないと、誰も君のこと、見ないから？」

それで大坂君は「うるせえ！」と声を荒らげてつかみかかったのだという。連れていかれた面談室で教官に一部始終を説明したものの、大坂君と雨宮君、ともに一週間の謹慎処分となり、単独寮でそれぞれすごすことになった。

青柳主任に尋ねると、判断の理由を語ってくれた。

「きっかけとしては、雨宮君が悪いんだってのは分かってます。大坂君は母親からのネグレクトを背景に非行に走りました。少年院にきてからは、大人がきちんと目をかけてくれるのが嬉しい様子でした。もっと見てもらおう、もっと褒めてもらおうという気持ちがモチベーションになって色んな活動を頑張っていた。それって子供の成長過程で自然なことですよね。私たちには、適切な環境が与えられなかった子供たちの育て直しをしている側面がありますから。おそらく大坂君は、自分が親から大切にされてこなかったという事実に気づき、自己の成育環境を見つめ始めた時期でした。雨宮君の指摘は、大坂君にとって一番言われたくないことだったんでしょう。腹を立てる気持ちも分かります。ですが、カッとなって手を出すようではいけません。怒りをコントロールする方法を学ぶ必要があると、大坂君には話しました」

　青柳主任は大坂君についてはすらすらと話した。ところが、雨宮君に話が及ぶと、「彼はねえ、少々難しいところがある子です」と言葉を濁した。

「難しいというと?」

「いや、まあ、単純といえば単純なんですが……自分は特別な存在だと思われたい、という気持ちだけで生きているような子です。家庭環境は悪くない。知能も比較的高い。運動機能も問題ない。認知面でも異常はありません。そうなるともう、自己顕示欲が強いのは彼のパーソナリティ、性格なんですよ。そうそう変えられるものではありません。ですからあとは、被害者の視点を取り入れた教育を通じて、人の気持ちにより添う力を獲得できるよう働きかけていくしかない。ですけども、例えば被害者遺族の立場に立って手紙を書いてみようといった課題を出すと、雨宮君は非常にきっちりと上手な作文を書くんです。だから視点の転換ができないわけじゃない。自分の行動が相手にどういう感情を引き起こすのか、充分に理解している。だけど他人の痛みを我が事として感じられないのでしょう。むしろ他人が嫌がるさまを見て喜ぶような嗜好《しこう》性すら感じたことがあります」

　セラピードッグのきららが死んだあと、墓をつくろうと提案したのは雨宮君だったという。

青柳主任は、雨宮君にも死を悼む心が芽生えてきたのかとほのかな期待を抱いた。

近隣住民からもらい受けた木材で少年らは木工作業を行い、小さな墓をつくった。骨壺に入って帰ってきたきららをその墓におさめて、一分間の黙とうを捧《ささ》げた。少年たちは一様にしょんぼりとしていたし、きららを可愛がっていた小堺君に至っては、黙とうをしながらさめざめと泣きだした。ところが、その横で雨宮君は薄目を開けて、満面に笑みを浮かべていたという。

「白い歯を見せてね、ニカァッと笑っていたんですよ。夏の海で集合写真を撮るときのような笑顔。それを見て、私は年甲斐《としがい》もなくゾッとしてしまいました。この子は人が悲しむのを見て楽しんでいる。墓をつくれば小堺君が泣くと分かっていて、泣き顔を見るために提案したのではないか、と邪推してしまったんです。ただ当時、雨宮君にとって面白くないことが立て続けに起こっていたようですから、苛立ちをどこかにぶつけたかったのだろうとは思うんです。彼には、ストレスとの付き合い方を学んでほしいという話をしました」

「雨宮君にとって面白くないこと、というのは？」

「いや、そこまではちょっと。私の口からは言えません」

青柳主任の表情がスッと硬くなった。しつこく訊くと今後のインタビューを拒否されそうな気配があったので、話題をすぐに変えた。

「ストレスとの付き合い方を学ぶように伝えたとき、雨宮君の反応はどうでした？」

「それがねえ」

青柳は頭をかいて、ため息をついた。

「ニタニタと笑いながら『こういう説教も面倒だから、教官好みの少年になりましょうか』って言われたんですよ」

雨宮君は続けてこう言ったという。

「恵まれない環境で育った素直なイイ子が好きでしょう。精一杯頑張る少年、でも劣悪な環境や経験不足のせいで壁にぶちあたる。それを大人の俺が後押ししてやる。数年後、更生した少年が会いにくる。教官のおかげですと頭をさげる。そういうのが好きなんでしょ？　分かりますよ」

青柳主任はため息を重ねた。

「別に私は、少年をえり好みしたつもりはないです。それぞれの子に必要なサポートをするだけです。でも雨宮君には、そういうふうに見えていたんだなと思うとね。脱力したというか。さすがの私も多少傷ついたというか」

面談室での光景が目に浮かぶようだった。

雨宮君は青柳主任の表情を見ながら、笑っていたに違いない。こう言えば教官が傷つくと分かっている。わざわざ人の弱点を突く言葉を選んで投げかけ、その反応を楽しんでいるのだ。

青柳主任が言葉を濁した「雨宮君にとって面白くないこと」を突き止めるために、雨宮君に再び取材を申し込んだ。ところが「以前の動画の再生数があまりよくなかったので」という理由で断られた。前回の取材の様子を収録、編集してＹｏｕＴｕｂｅに公開されている動画のことだろう。

他の少年らに尋ねても、皆、雨宮君の事情は分からないという。万事休すかと思われたが、情報は思わぬところからもたらされた。

雨宮君は手記を出している。版元の編集者に尋ねれば、雨宮君の人となりがより分かるのではないかと思われた。幸い、その出版社が出している週刊誌で、私は長くライターをしていた。週刊誌の編集者に事情を話すと、雨宮君の手記を担当した編集者、高梨《たかなし》（仮名）を紹介してくれた。

出版社近くの古い喫茶店で待ち合わせた。高梨は四十代半ばの男性だった。「いいですか？」と言いながら、こちらの返事を待たずに電子煙草を取り出して吸い始めた。

「雨宮君、もちろん覚えていますよ。とても繊細で気難しい著者さんでしたね。文章は上手いし、細かいところまでよく覚えていて、しっかり書いてくれるので、手記の売上は上々でした。だけど雨宮君の事件より前にも、同じような猟奇的な少年犯罪があったでしょう？　そっちの犯人も手記を出してるんですよ。その手記の売上と比べると物足りなかったかな」

高梨は重たそうなまぶたの下から、じっとこちらを見て言った。

「仮谷さんは、『目には目を事件』を調べてるんですよね。原稿は書いてるんですか？」

「書けるところから書いていますけど」

「本にまとめて出す予定は立っているんですか？　どうです、うちから。話題になると思うんだよなあ。だって仮谷さん——」

「いえ」遮るようにして言った。「調査の一部始終を記録しておくために原稿は書いていますが、出版はしないかもしれません。当初は本にまとめて出版するつもりで調査を始めました。でもだんだんと、違う使い道が正しいのではないかと思うようになったんですよ」

あえてあいまいな言い方をしたら、高梨はそれ以上追及してこなかった。おそらく「うちから出版したら」というのもリップサービスにすぎなかったのだろう。

「そういえば、雨宮君との関係が悪化したことがありました」

時期を訊くと、ちょうど運動会の直後のことだった。

「少年院って家族以外面会できないでしょう。手紙なら家族でなくても送れるけど、職員が内容をチェックするみたいだし。でも僕としては、事件が風化しないうちに雨宮君の手記を出したかったんですよ。だから雨宮君のお母さんにね、雨宮君の叔父《おじ》という設定で面会できないか頼んだんですよ」

雨宮君の母親は「本人に訊いてみないと何とも」と言って、次回の面会の際に雨宮君の意向を確認した。雨宮君は手記出版にかなり前向きだったという。

「次の面会日、二週間後にN少年院を訪ねました。雨宮君のお母さんも一緒です。三人で少し話したいと言って、職員の方には席を外してもらって、出版に関する相談をしました。ライターを立てることもできると話したんですけど、雨宮君は自分で書くの一点張りでしたね。差し入れたノートに手書きで書き進めてもらうことになりました。少年院の職員には、手記出版のことは伏せて、過去を振り返って自省を深めたいと伝えたそうです。そういうとこ、あの子はうまいですよね。反対しにくい理由を持ち出して、自分の思い通りに進めようとする――」

「あの、それで雨宮君との関係が悪化した出来事というのは？」

「ああ、その話でしたね。何回目の面会だったか忘れたんですけど、九月の第一週でした。今度運動会があると聞いて、親族と引き続き偽って、運動会を見にいってもいいかと頼んだんです。実はね、同じ時期に大坂君という子がN少年院にいるという噂を耳にしていたんです。以前、有名子役の×××っていたでしょう？　あれの兄だっていうんです、大坂君というのが。うちの女性週刊誌が興味を持ちまして、一回もぐりこんで、大坂君の様子を見てきてほしいっていうんですね。ただその事情を正直に話すと、雨宮君の機嫌を損ねそうだったので、あえて隠して、運動会を見てみたいとだけ伝えました」

雨宮君はすぐに承諾したという。

そして運動会当日、高梨は望遠レンズ付きのカメラとともにN少年院にやってきた。だがすぐに法務教官に止められたという。

「撮影禁止なんですって。スマホでこっそり撮りましたけど、それも見つかってしまって。ちょっとした騒ぎになりました。事務室みたいなところに連れていかれて、撮った写真を職員の前で削除させられました。主に大坂君の写真です。選手宣誓をしていたり、リレーで走っていたりって場面。職員からなのか、お母さんからなのか分かりませんけど、大坂君の写真ばかり撮っていたっていうのが、雨宮君の耳に入ったんですね。僕は、会社の他の人間に頼まれていただけなんだって弁解しましたけど、彼は相当怒っていました。自分ではない誰かに注目が集まるってのが、嫌でたまらなかったんでしょう」

一時は出版を止めるという話にまで発展したという。高梨の懸命な説得の甲斐あって、なんとか出版にこぎつけた。

「そんなに目立ちたいわけ？　目立とうとしないと、誰も君のこと、見ないから？」という雨宮君の言葉の意味を改めて感じた。大坂君のことを揶揄しているようで、自身の心情を投影して、相手の行動を解釈している。誰かに見てほしくて目立とうとしているのは、まさに雨宮君自身である。それがうまくいかない苛立ちを他人に向けた。

青柳主任は一連の出来事を知っていたのだろう。だが高梨による盗撮事件の話をすると、少年院側の体制が不充分だったと言われかねない。だから言葉を濁したのだろう。

「雨宮君の愚痴は散々聞きましたよ。愚痴というか自慢ですかね。少年院では大坂君とは派閥が別なんだそうです。大坂君一派に対して、色々と嫌がらせを仕掛けていたみたいです。十二月の駅伝大会の話とか、聞きました？」

私は黙ってうなずいた。その一部始終は、先に岩田君から聞いていた。

5　クリスマス会

十二月は少年院でもイベントが多い。初旬に駅伝大会があり、二十五日にはクリスマス会、年末の大掃除をして大晦日《おおみそか》を迎える。

運動会が終わってすぐ、駅伝大会に向けた練習が始まった。地元の実業団のコーチが来院して少年らを直々に指導する。腕の振り方や呼吸の仕方を伝え、普段のトレーニング方法も授けた。

指導を担当した青田《あおた》正宗《まさむね》さん（仮名）は、「最初は真面目にやらない子もいたけど、どんどん真剣になっていった。最終的には、とても熱い大会になりました」と地元紙で語っていた。

少年院内の運動場のコースは一周五百メートルだ。一人五周、三人チームで十五周を走り、十チームで順位を競った。

ミドリ班では、運動会の練習で分かれた二チームがそのまま、駅伝大会のチームになったという。

「これも誰が言い出したってわけでもないんですけど。いつの間にかそうなってましたね」

岩田君は語る。

「運動会以来、大坂君と雨宮君の仲が本当に悪くなっていて、二人とも活動に必要なときも口をきかないんです。伝言ゲームみたいに周りが伝えていました。教官たちもその状況には気づいていて、二人と個人面談を重ねているようでしたけど、どうにもならなかったですね。雨宮君は本当に意地悪でした」

雨宮君が大坂君に謝罪の手紙を出したことがあったという。トイレットペーパーの端に文字を書いて、新聞回覧のときに新聞紙に挟んで、後ろの人に回した。

『大坂君へ

このあいだは、嫌なことを言ってすみません。大坂君ががんばっているのを見て、それと比べて自分はなさけなくて、シットしてしまったのだと思います。悪いことをしました。これからは仲良くしてもらえるとうれしいです。

ＰＳ　今度の面会で大坂君のお母さん、くるらしいです。教官が話してるのを聞きました。』

宛名は大坂君になっているが、大坂君の手元に届くまでに他の少年たちの目にも入る。受け取った大坂君は、目を輝かせたという。翌日の新聞回覧では、大坂君からトイレットペーパーの手紙が出された。

『雨宮君

僕はもう怒っていません。謝ってくれてありがとう。母さんの話、本当ですか？　教えてくれてありがとう。うれしいです。』

大坂君の母親は、当初はマメに面会にきていたが、次第に足が遠のき、ぱったりとこなくなった。ある時期からは精神状態が悪化して入院していたため、面会にこられなかったらしい。雨宮君からの手紙を見て、大坂君は母が退院したのだと思った。そして面会にきてくれるのを楽しみに待っていたようだ。

ところが次の面会日にも、その二週間後の面会日にも、大坂君の母は現れなかった。

そうなって初めて、雨宮君に担がれていたことに気づいたらしい。

「大坂君は面会日の朝からそわそわしてるんですよ」岩田君は語った。「明らかに歯磨きの時間とか長くて。気に入っているらしい赤色のスウェットシャツを着て、休み時間にはシャツについている毛玉をとったりして。その様子を、雨宮君はニヤニヤしながら見ていました。結局面会者は現れなくて、しょんぼりしている大坂君の様子も嬉しそうに見ていました」

意地悪に気づいた日、ホールでの食事中ずっと、大坂君は雨宮君をにらんでいたという。けれども手を出すことはなかった。以前手を出そうとして謹慎処分になったことがあったからだ。だが大坂君もそのまま引っ込んではいなかった。個人面談のときに教官に一部始終を話したのだという。大人を味方につけて反撃しようとしたのだ。

教官に呼び出された雨宮君は、大坂君の話を否定した。トイレットペーパーの手紙は回し終わったあとトイレに流してしまう。証拠は残っていないから、しらを切りとおすことにしたらしい。

こうした小競り合いが延々と続いた。

小堺君は完全に雨宮君派で、教官が他の少年たちに事情聴取をした際にも、雨宮君と口裏を合わせた話をした。岩田君は、自分が見た通りの事実を伝えた。それが雨宮君にとっては不利な内容だったから、「岩田君は大坂君派」と雨宮君たちからはにらまれるようになったという。

堂城君や進藤君がどれほど事態を把握していたのかは分からない。

「でも、堂城君なんていい迷惑だったと思いますよ。雨宮君と小競り合いをしてイライラが募った大坂君は、堂城君を使いっ走りにしてましたから。農作業のときもそうだし、普段の掃除とか、食事の配膳とか。ちょっとした面倒なことをさっと堂城君に押しつける。教官も気づいていないようでした。堂城君はそれでも素直に従っていました。それで、堂城君も大坂君派だと目されて、雨宮君たちから嫌がらせを受けるようになりました」

嫌がらせが極まったのが、駅伝大会だった。

雨宮君と大坂君の間で、いつの間にか賭《か》けができていたという。

「大坂君のチームが負けたら、きらら殺しの犯人は大坂君だということで、教官に自首するということになっていました。堂城君が犯人だという噂だったので、どうしてそういうことになったのか分かりませんけど……ただ、確かに大坂君は教官からの評価をすごく気にしていたので、きらら殺しの犯人として自首するのはものすごく抵抗があっただろうと思います。雨宮君のチームが負けたら、雨宮君が犯人として自首することになっていました」

雨宮君は大坂君が真犯人であることを知っていた。だが大坂君の癖から導いた答えだったので、教官を納得させる証拠がなかったのだろう。大坂君自身に犯行を認めさせるしかない。そこで駅伝大会で大坂君が負けたら自首するよう約束を取りつけた。

事情を知らない岩田君からすると、雨宮君の意地悪の一環のように見える。だが雨宮君には雨宮君なりの主義主張があるのだろう。教官の前でだけうまく立ち回る大坂君の化けの皮を剝《は》いでやりたいと考えたのかもしれない。

賭けができた頃から、それぞれのチームが懸命に練習に励むようになっていた。まさに指導した青田さんが語ったように「最初は真面目にやらない子もいたけど、どんどん真剣になっていった」のだ。

下馬評としては大坂君チームが有利だった。堂城君と岩田君は運動部経験者だ。運動センスがあるわけではないものの、体力はあった。対する雨宮君チームはインドア派が多い。三カ月ほどの訓練ではなかなか追いつけない。

「いよいよ明日が駅伝大会という日のことでした。最後の練習をして、運動場の端で休んでいたときに、堂城君がぼそぼそと大坂君に話しかけました。『明日の結果がどうであれ、自首して謝ったほうがいい』と言うんです。僕は少し離れたところにいたので、聞こえないふりをしていましたが、内容が気になって耳をそばだてていました」

堂城君は繰り返し大坂君に言ったという。「やったことは謝ったほうがいい」「そしたらみんな怒らない」「きちんと謝らないと、きららも浮かばれない」

岩田君は会話の端々から、大坂君がきらら殺しの犯人のようだと思い至った。堂城君が犯人だという噂を耳にしていたが、当の堂城君は真犯人が大坂君だと知ったうえで、繰り返し自首を勧めていたのではないか。

「そう思うなら、お前が俺のこと、チクればいいじゃん」大坂君は言った。

堂城君は「いや、でも……」と口ごもった。

「だいたい俺が自首したからって何になるわけ？　きららが生き返るわけでもないし」

「でも」堂城君は大きい身体をもじもじさせながら言った。「ずっと秘密にしているのは、大坂君自身がつらいと思うから。正直に言えば、教官もみんなも分かってくれると――」

「そんなわけないじゃん！」

大坂君の声が大きくなった。

「そんなの俺たちが一番分かってるでしょ。前科がついたらもう、それまでと同じようには見てもらえない。このあいだの運動会だって、週刊誌の人がきて俺の写真を撮ってたって。弟のことで何か書かれるんだ。ここの教官が俺によくしてくれるのも、俺が優等生をしてるからだよ。悪いことしたのがバレたら、やっぱりハブられるよ」

「で、ででもっ」怯えを隠せない声で堂城君は言った。「そ、そんなの関係ない」

「えっ？」

「少年院にきて、大坂君は一生懸命、真面目にやってる。周りがどう思うかは、関係がない」

大坂君は押し黙った。表情を盗み見ると、唇を内側にすぼめて困ったような顔をしていたという。

「そう思うなら、堂城君が代わりに自首してよ。本当はやってないんだから、周りにどう思われたっていいでしょ。謝れば教官は分かってくれるんだろうし。ま、俺はそうは思わないけど」拗《す》ねたように口を尖《とが》らせると、ぼそりと言った。「まず、明日は全力で走ってよね。負けたらマジしばくから」

教官が近づいてきたので、二人の会話はそれきりになった。大坂君たちが運動場から引きあげるために横を通った。

岩田君はとっさに顔を背けて、素知らぬふりをよそおった。斜め後ろから大坂君の表情を盗み見ると、顔をぐしゃっと歪めて苦悶《くもん》の色を浮かべていたという。

「話だけを聞いてると、大坂君に対して腹が立ったんですけど」岩田君は背を丸めて言った。「顔を見たら、そうも言えないっていうか。本人なりに思い悩んでるんだろうなというのが伝わってきました」

いよいよ駅伝大会当日を迎えた。山のふもとに位置するN少年院は、冬の冷え込みが厳しい。半袖ショートパンツの体操服からのぞく手足には、皆、鳥肌が立っていたという。白い息を吐きながら、第一走者の岩田君と雨宮君がスタート位置についた。

「第一区は、圧倒的に僕のほうが速かったですよ。雨宮君は年齢もいくつか下だし、運動をしていたわけではないようなので、まず不利です。十チーム中、僕が三位、雨宮君が七位でした」

第二走者、大坂君と進藤君だと、意外なことに進藤君のほうが速かった。大坂君は順位を四位にさげ、進藤君は五位につけた。

勝負は第三走者、堂城君と小堺君にかかっていた。

「でもその時点では、堂城君が勝つだろうなと思っていました。だって小堺君は文化系で、運動ができる感じじゃないから。身体も大きくて体重もある堂城君に追いつくとは思えないでしょう。でも、雨宮君がにやにやしているのを見て、もしかすると何かあるのではと思いました」

案の定、岩田君の懸念はあたった。

堂城君は足をひきずるようにして走っている。どんどん順位をさげ、小堺君に追い抜かれてしまった。よく見ると、堂城君の運動靴のソールが剝がれて、ペッタンペッタンと音を立てている。

「どうやったのかは知らないけど、雨宮君が仕組んだんだろうなと確信しました。大坂君は青い顔をして、必死に堂城君を応援していました。『頑張れ！　食らいついていけ！　あきらめるな！』って、声を張りあげて。教官から見たら、青春の一ページという感じかもしれませんが。実際は賭けがありますからね。大坂君はきっと自分の名誉のために叫んでいたんです」

だが大坂君の応援もむなしく、堂城君は僅差《きんさ》で小堺君に負けた。

ゴール直後、堂城君はふらふらとした足取りで青柳主任のもとに行くと、他の少年みんなが聞こえるような大声で叫んだ。

「きららを殺したのは、僕です！　すみませんでした！」

先ほどまで声援でにぎわっていた運動場が、水を打ったようにしんと静まりかえったという。教官たちも困惑した様子で、堂城君の近くに歩みよりながらも、事の次第を見守った。

「あの日、僕がエサやりの当番でした。そのエサに農薬を混ぜました」

青柳主任が「本当か？」と訊くと、堂城君は威勢よく「本当です！」と雄たけびのように言った。

「大坂君は、かなり驚いている様子でした。茫然って顔に書いてあるような。『いや、それは俺が』と口を挟もうとした途端、堂城君が『僕です！』と譲らない。『俺がやったんです』と大坂君が言っても、堂城君が『いや僕です』と言う」

現場にいた教官たちも何が起きているのか戸惑うばかりだった。二人はなだめられ、事務室に連れていかれた。

「そのあとどうなったのかは知りませんけど。大坂君だけ謹慎処分になっていたので、結局正直に話したんじゃないですか」

この点を青柳主任に尋ねると、「訊かれるまで話すつもりはなかったんですけどね」と前おきしたうえで、「大坂君が、きららを殺したのは自分だ、堂城君は自分をかばっただけだと話しました」と教えてくれた。

「彼は怯えているようでした。自分はこれからどうなるのか。『俺、刑務所行くんですか』と訊いたそうです。ただね、証拠があるわけでもないから、新たに刑事事件として立件するのも不適切です。やったことは許されないこと、命の重みを見つめてほしいこと、そのうえでこれからどう生きていけばいいかを考えてほしいということを伝えました」

それ以来、大坂君はかなり大人しくなったという。以前はグループワークで一番に手をあげて発言していたのに、教官にあてられてもじっと黙っていることが増えた。

「いいんですよ、それで」青柳主任は言う。「やっと内省が深まってきた証拠ですから。しばらくすると、大坂君の表情も穏やかになってきました。おそらく、自首したあとも周りの大人が態度を変えなかったのが良かったんでしょう。家庭環境が複雑な子供は、見捨てられる恐怖を常に抱えているものですから」

岩田君によると、駅伝大会を機に雨宮君の嫌がらせもぱたりと止んだらしい。

声を張りあげて自首する堂城君を見て、雨宮君は「熱くなっちゃって、ダサッ」とつぶやいたという。大坂君との小競り合いに思わぬかたちで堂城君が乱入し、かき乱されたのが不愉快だったのかもしれない。愚直に叫ぶ堂城君を馬鹿にすることで、策略通りにいかなかった不全感を補ったものの、白けた気分は元に戻らない。嫌がらせを続けるのも馬鹿らしくなったのだろう。

「結果的に、雨宮君も大坂君も大人しくなって、休戦状態になりました。それは良かったんですけど。それにしても、堂城君には驚きました。なんで本当に代わりに自首するかな。前日、負けたらしばらくと言われていたから、困り果てて自首したのかもしれません。だけど、そういう感じではないっていうか。普通に友達をかばうような感じに見えました。大坂君と堂城君の間には妙な上下関係があったから、堂城君が大坂君を友達と思っているのも不思議なんですけど」

大坂君は堂城君にあたり散らしたり、使いっ走りをさせたりしていたようだ。普通なら嫌がるだろう。だが堂城君は大坂君を「友達」と捉《とら》えた。分かる気がした。

堂城君にはこれまで友達らしい友達がいなかった。学校でいじめにあってもなお登校しようとしていたのは、からかい半分でも話しかけてくる同級生がいたからだ。大坂君のように一方的に利用してくる人間でも、完全な孤独よりはいい。雑務を押しつけられるのも、頼られていると錯覚したのかもしれない。

「なんでそういうふうにしか、人とつながれないんだろう」

私は独り言のように漏らした。訳も分からず込みあげるものがあった。泣かないように目頭を押さえて、深呼吸する。自分でも自分の情緒がつかめなかった。

「僕たちはみんな、欠陥品なんじゃないですか」岩田君が自虐的に言うと、隣に座った父親の義弘が気まずそうに目を泳がせた。岩田君は構わず続けた。「欠陥品でも生きていかなくちゃいけないですからね。それに欠陥があるだけで、完全な粗悪品ってわけでもない。堂城君は優しい子でした。誰かを助けるために自分を犠牲にできる。グループワークでも、犯罪被害者の話になると、堂城君は大きな身体を丸めて、小さな目を潤ませていました。自分は取り返しのつかないことをした、どうしたら被害者遺族に許してもらえるのだろう、と繰り返し話していました」

堂城君は、結局被害者遺族に許されることなく、殺害された。復讐《ふくしゅう》を遂げた今、被害者遺族が何を思うのか。犯人は殺されて当然であり、殺してすっきりしたと思っているのか。あるいは多少の後悔や罪悪感を抱いているのか。公開された裁判の内容だけでは分からない。

駅伝大会の余波を受けながらも、年の瀬は近づいてきた。二十五日のクリスマス会の日は、一段と冷え込んで朝から雪が降っていたという。

少年たちは制服に着替えて体育館に集合した。制服だとジャージよりは暖かくていいのだが、それでも手がかじかみ、体育館内でも息が白かった。窓の外には、牡丹《ぼたん》雪が舞っているのが見えた。

テーブルと椅子が大きなコの字形に並べられている。三十人ほどの少年と十数人の教官が席についた。コの字の空いている部分には、教壇がおかれていた。

開始時刻ぴったりに、地元の教会の牧師が体育館に入ってきて、教壇に立った。

「皆さん、メリークリスマス！」

牧師の明るい口調で、その場の雰囲気がほどよくゆるんだ。

「クリスマスというと、何を思い浮かべますか？　そりをひくトナカイ、サンタクロース、クリスマスツリー、それともクリスマスプレゼントでしょうか。恋人とのデートを思い浮かべる人もいるかもしれません」

と話すと、体育館内に笑いが漏れた。私語は禁止されているから、本来は笑い声を出すことも許されない。だがクリスマス会の牧師の話に笑うのは、さすがに許されたようだ。

「クリスマスは皆さんにとっては楽しいイベントの一つかもしれません。ですが、私のようなクリスチャンからすると、この日は大変重要な日、イエス・キリストが生まれた日なんです」

キリスト生誕についての軽妙な説話が続く。話が難しくなってくると、目を伏せる少年が出てくる。その度に牧師は軽い冗談を交えて会場内の笑いを誘った。

毎年クリスマスの日に少年院にきている牧師なので、少年相手に話すのも慣れているようだ。地元住民からカンパを集めて、クリスマスケーキの差し入れもしてくれている。

「最後に、皆さんに贈りたい言葉があります。これはニューヨークにあるリハビリ研究所の受付の壁にかかげられているものです。『ある兵士の祈り』とか、『ある病者の祈り』などと言われています。というのも、作者は不明なんですね。まずは、読みあげます」

大きなことを成し遂げたいと神様に強さを願ったのに
いただいたのは弱さだった。謙虚さを学ぶために。

もっと偉大なことをしたいと健康を願ったのに
いただいたのは病気だった。より善いことをするために。

幸せになりたいと富を願ったのに
いただいたのは貧困だった。もっと賢くなるために。

世の人々の称賛を得たいと権力を願ったのに
いただいたのは弱点だった。もっと神様を求める人になるために。

人生を楽しむためにあらゆることを願ったのに
いただいたのは命だけだった。あらゆることを楽しむために。

願ったものは何一ついただけなかったが、求めていたものはすべて聞きとどけられた。
神の意にそわないものなのに、私の心の中の祈りはすべて叶えられた。

私はもっとも豊かに祝福されたのだ。

「この少年院には、順風満帆の人は一人もいないでしょう。ここにいる誰もが問題を抱えている。願ったものを得ることができず、苦しんでいる。それは確かに不幸かもしれない。けれども見方を変えれば、そこから得られるもの、辛《つら》い経験があったから分かること、できることもある。どうか皆さん、この聖なる日に、自分が願ったものは何だったのか、得たものは何だったのか、学んだことは何だったのか、考えてみてください」

牧師が話し終えても、少年たちは固まったままだった。教官が拍手をするのにつられて、何人かの少年が拍手をする。次第に拍手は大きくなった。涙を流している少年もいた。

だが大坂君だけは、思い詰めたような顔でうつむいていた。

牧師の差し入れのケーキがカットされ、配られる。何の変哲もないイチゴのショートケーキだが、会場内の雰囲気がパッと華やいだ。普段の食事で甘味は出ない。花見のときに出る桜餅《さくらもち》と、クリスマス会で出るケーキだけが、少年らが口にできるお菓子である。

「みんなに渡ったか?」教官が訊くと、それぞれの班の代表者が「全員あります!」「あります!」と答えた。ミドリ班も誰かが口にするかと思い、少年らは互いを見渡した。

すると、進藤君が顔に両手をあてて震えているではないか。

他の班の少年たちもじっと進藤君を見た。衆人環視のなか、進藤君はぽろりと言った。

「俺、ケーキ食べるの初めてっす。クリスマスって、ケーキ食べるんですか?」

周囲の空気が一瞬張りつめた。

進藤君は母子家庭で育った。母親は飲み屋で働いていて明け方まで帰ってこない。特にクリスマスは稼ぎ時だ。進藤君は誰かと一緒にクリスマスをすごしたことがなかったのかもしれない。

「なんだ、お前、クリスマスケーキ童貞だったのか!」

教官の一人が明るく言ったことで、硬い空気が笑いに変わった。

進藤君自身も「俺、初めてっす! 嬉しいです」と素直に言うと、さらに笑いが漏れる。和やかな雰囲気だった。この日ばかりは教官をまじえて談笑しながらケーキを食べることが許された。

「さあ、食べるぞ」と教官が言い、皆で声を合わせて「いただきます」と言う。

その直後、大坂君が隣の堂城君にケーキを差し出した。

「これ、あげる。このあいだはありがとう」

堂城君は面食らった様子で「えっ、えっ、あ……」と言った。

「このあいだの駅伝大会、ありがとう」

言い直すと、大坂君はケーキが載った紙皿を堂城君の前に押した。

堂城君は困ったように頭をかいた。だが意を決したように自分のケーキの紙皿を持ちあげると、「これ」と言って大坂君の前においた。

「こ、これ、あげる。お返し」

「お返しって、何の」

「ケーキのお返しのケーキ」

「俺がもらうの、おかしいじゃん」

「ケーキをもらったから、ケーキを返すのは、おかしくない」

「いや、だから、そういうわけじゃなくて――」

大坂君は不満そうに口をとがらせたが、教官が近づいてくるのに気づいたのか、「分かったよ。もらっとくよ」と言った。少年同士で食べ物をあげたりもらったりするのは、禁止されていた。今のやり取りが教官に見つかって面倒なことになるのが嫌だったのかもしれない。

「泣いてるんですか、仮谷さん」

岩田君の声がする。「すみません。こんな話して。印象に残ったことを訊かれて、運動会の話をしていたら、芋づる式に思い出してしまって。でもほら、やっぱり、堂城君は優しいですよね。犯した罪の大きさとか、被害者の気持ちとかを考えると、堂城君を殺したくなるのも分かるけど。でも、僕は堂城君に生きていてほしかった。それだけです」

「私も、そう思う」

声を絞り出すようにして言った。

第四章　裁き

1　それぞれの退院

N少年院ミドリ班の六人がともにすごした年末から年が明け、翌二月には大坂君と小堺君が仮退院した。翌月には堂城君が、さらに半年後には岩田君と進藤君が仮退院することになった。残ったのは雨宮君一人である。

少年院では処遇段階三級からスタートし、二級、一級と昇級したうえで審査に通ると仮退院が認められる。仮退院となった少年には担当の保護観察官と保護司がつく。しばらく保護観察に付されてから正式に退院が許可される。

ただし、処遇段階一級に到達しても、身元引受人となる親族がいない場合、仮退院の実現は難航する。空きのある更生保護施設を探すか、あるいは、有志で身元引受人をしている篤志家を探すしかない。

雨宮君の場合、まず親族が身元の引き受けを拒否した。二人いる妹に危害が及ぶ恐れがあるためという理由だった。さらに、被害者の遺体をバラバラにしてつなぎ合わせるというあまりに猟奇的な犯行態様ゆえに、有志で引受人をしている篤志家も引き受けを嫌がった。世話をしている他の少年たちへの悪影響を懸念したという。

結局、更生保護施設の空きが出るのを待つしかなかった。雨宮君は仮退院するまでにさらに

数カ月を少年院ですごすことになった。青柳主任によれば、

「六人いたのに一人きりになってしまいましたから。寂しがるかと思いきや、そんなこともなくて。本人は平然とした顔で、いつも通り、という感じでした。私が面談のときに『あんまり気にするなよ』と言ったところ、慰められたことに気分を害したのか、憤慨した様子で『僕は異分子だから、社会に馴染《なじ》めないのは当然です』と言われました。彼が感情を見せるのは珍しいと思いました」

本人に事情を訊《き》くべく改めて取材を申し込んだものの、拒否され続けている。

ある週刊誌の記者が退院後の雨宮君を追っていた。雨宮君が出演しているＹｏｕＴｕｂｅチャンネルの管理会社の元社員から、雨宮君の普段の生活について話を聞いたことがあるという。

「家族からは完全に見放されています。彼、田舎の名家の出でしょ。地元では彼の名前を出すのも御法度で、すべてなかったことになっているみたいです。もちろん裏では色々言われていますけど。住みづらいだろうに、親戚《しんせき》たちは意地になって以前と同じ家に住み続けていますよ」

雨宮君の実家には私も取材を申し込んだことがあるが、返答は得られなかった。

「彼は今、東京で一人暮らしをしています。ＹｏｕＴｕｂｅチャンネルの管理会社の担当者と、月に数本のメールのやり取りがあるくらいで、他に、人との交流らしい交流はないようです。買い物はすべてネットスーパーで済ませていて、ほとんど外出もしていません。ＹｏｕＴｕｂｅチャンネルのファンからのコメントにリアクションはありません。完全に孤立しているとい

うか、世間から浮遊した存在になっているようです」

週刊誌のネタとしてはインパクトが足りず、その記者は調査を打ち切ることにしたそうだ。

「かなりマメに動画をつくってアップロードしているみたいですし、ＹｏｕＴｕｂｅチャンネルの登録者数も伸びていますから、そっちで自己承認欲求が満たされているんでしょうかね」

ところが、週刊誌が取材をやめて半年ほど経ったタイミングで、雨宮君が再び逮捕されることがあった。罪名は動物愛護管理法違反である。自宅近くの公園で野良猫を十五匹以上虐待した罪に問われ、三十万円の罰金が科された。複数の報道関係者が弁護士を通じて取材を申し込んだが、コメントは得られていない。

今も雨宮君は、赤坂のタワーマンションに一人で暮らしている。

他方、明るいニュースがあった者もいる。

システムエンジニアとして働く小堺君の結婚が決まったという。職場に出入りしていたＯＡ機器メーカーの女性社員で、小堺君より十四歳年上だというから驚いた。祝福のメールを送ると、すぐに返信があった。

『少年院にいたことも、彼女にはもちろん話してあります。彼女は幼少期から虐待を受けていて、施設で育ったそうです。両親ともきょうだいとも交流がありません。家族の反対を心配しなくていいのは、よかったかもしれません』

古い一軒家を借りて二人で住み始めた。大型犬を飼うのが夢で、そのために貯金をしているという。

岩田君は未《いま》だに醜形恐怖症に苦しんでいる。人の目を恐れてほとんど外出しないものの、自宅でできる答案添削のアルバイトを始めたそうだ。月に一万五千円ずつ、家に入れるようになった。父親の義弘は電話で、「最近はだいぶ落ち着いていています」と話していたが、その口調には依然として疲れがにじんでいた。

進藤君は取材時、化粧品販売の仕事で羽振りがよさそうだった。可愛がってもらっている兄貴分から「絶対値あがりする土地」を紹介してもらったと嬉《うれ》しそうに話していた。

ところがその後、進藤君とは連絡がとれなくなっている。電話も不通で、実家にも帰っていないという。「行方不明者届を出さなくてよいのか」と進藤君の母親に尋ねたが、母親は慌ただしく出勤前のメイクをしながら、

「別にあの子ももう大人ですから。いいんじゃないですか」

と気のない返事をした。

「もともと手のかかる子でしたから。ずうっと動き回っていて、注意しても聞かないし。叩《たた》いてやっと大人しくなる」

西日の射しこむ六畳ほどの和室で母親は言った。不自然に装飾的な白いロココ調のドレッサーの前で、あぐらをかきながら髪を巻いている。

私は内心の驚きを隠しながら、「時折、叩くこともあったんですか?」と控えめに尋ねた。

進藤君本人からは虐待について語られておらず、「ガツンと稼いで、早く親に楽をさせてやりたい」としか聞いていない。

「そりゃあ、しつけなんですから。仕方ないでしょ。でもアザになってるようなやつは、私がやったんじゃないですよ。うちにきていた男のうち誰かがやったんじゃないですか」

と言うと、母親は香水を胸元に振りかけた。

それ以来、何度か進藤君の母親と連絡をとっているが、進藤君は帰ってきていないという。

堂城君については、先述の通り、土木作業員として半年ほど働いたタイミングで、殺害された。

そして残る一人、大坂君は建設会社に就職し作業員として働いている。結婚し、子供が生まれて順風満帆かと思われた。ところが、思わぬ知らせが思わぬところからもたらされた。

大坂君の弟を名乗る人物が、私の携帯電話に連絡してきたのだ。

2　大坂優也（仮名）君の話

「仮谷苑子さんのお電話ですか」大坂君にそっくりな声だった。「僕、大坂将也《まさや》の弟、優也といいます」

およそ一年前、優也には取材を申し込んでいた。大坂君と初めて話した直後のことだ。大坂君には許可を取っていた。「勝手にすればいいんじゃないですか」と、投げやりな返事だった。

優也の連絡先は分からなかった。しかし勤務しているホストクラブは判明していた。店の事務所宛てに封書を送り、連絡を待ったが、返信はなかった。少年院に入っていた兄について聞きたいと、手紙には取材趣旨を記してあった。歓迎されるわけがない。私の名刺を同封したものの、優也から連絡がくることはさほど期待していなかった。

一年以上経った今頃になって突然、優也から電話がきた。驚きを抑えながら答えた。

「はい、仮谷です。ご連絡ありがとうございます。以前お送りしたお手紙を読んでいただけたのでしょうか」

「いや、そうじゃなくて」気ぜわしい様子で続けた。「取材とか受けるの、嫌なんすけど。そうじゃなくて、ちょっと困ってて電話したんです。兄と連絡がとれないんですよ」

「大坂君と連絡がとれない？　会社の世帯寮に連絡しましたか？」

「世帯寮？　何すかそれ？」

かみ合わない会話を何往復かした。優也は大坂君に子供がいることも、結婚したことも知らなかったらしい。

「たまにメールのやり取りをしてましたけど、兄はそんなこと、一言も言ってなかったっす」

意外な印象を受けた。大坂君は弟に対して「悪いことをした」と述べていた。罪悪感はあるだろう。だが敵対心や妬《ねた》み嫉《そね》みのような攻撃的な感情を抱いている様子は見てとれなかった。

弟に対して近況を知らせない理由が分からなかった。

もしかすると、自分のせいで芸能界を引退した弟に対して、幸せな近況を報告できなかったのかもしれない。

勤務している会社名や世帯寮の場所を勝手に教えるのはためらわれた。

「大坂君に私から連絡してみますね。連絡がついたら、教えますから」

「急ぎでお願いしますね。母が昨日亡くなったんです。色々と手続きがあって、兄と話さなくちゃいけないんです」

すぐに大坂君に電話をかけた。コール音が響くばかりでつながらなかった。メールを入れたが、数時間待っても返信はこなかった。

過去の取材では、すぐに連絡がとれた。夕方以降なら電話もつながる。昼間でも、メールも数分のうちに返信がくるから驚いたものだ。

何かあるかもしれない。言いようのない胸騒ぎがした。

スマートフォンの検索窓に大坂君が勤務する建設会社の名前を入れた。世帯寮の住所はウェブサイトに掲載されている。築四十年超の古いマンションだ。図書館で電話帳を開き、管理人室につながる電話番号を見つけた。

「大坂将也さんですか?」酒焼けした女の声が響いた。「えっと、おたくはどういう関係の?」

「弟さんの代理の者です。お母さんが亡くなられたため、至急連絡をとりたいんです」

「あーなるほど」思いのほか親身な口調だった。「あのですねえ、最近個人情報がどうとかが厳しくて、入寮者さんについて話せないんですけど。そちら様もお困りなんでしょうしねえ。まあ、誰も困らないと思うんでお伝えしますけど、大坂さんは一カ月前に会社を辞めてますよ。世帯寮も出ていきました。だからうちに聞いても意味ないですよ。他をあたってくださいね」

がちゃりと電話が切れた。

やや茫然《ぼうぜん》としながら、手にしたスマートフォンを見つめた。

一カ月前に会社を辞めている？

コンビニのイートインスペースで会ったのは、三カ月以上前のことだ。大坂君は作業服を着ていた。そのときはまだ建設会社で働いていたのだろう。

子どもも生まれ、幸せそうに見えた。仕事を辞めて世帯寮を出る理由はないはずだ。

だが、気になることはあった。大坂君は急激に痩《や》せていた。何か事情があるのかもしれない。

とりいそぎ優也に連絡を入れ、会社を辞めていて私からも連絡がつかないことを伝えた。さらにもう一通、大坂君に短いメールを送った。

『会社を辞めたと聞きました。大丈夫ですか？　弟さんも心配していました』

これ以上、何を書いていいのか分からなかった。

翌日、返信があった。

『大坂は入院しました。そっとしておいてください。妻、絵美《えみ》』

3　大坂絵美さん（仮名）の話

駅前のドーナツ屋で待ち合わせた。絵美は大人しそうな少女だった。つややかな茶髪を肩まで垂らしている。黒いスキニージーンズにパステルブルーのニットを着ていた。まだほんの子供、学生にしか見えなかった。訊くと、十九歳だという。

メニューを持つ手を見て「おっ」と思った。爪が異彩を放っていた。指先から二センチほど尖《とが》った爪が飛び出している。根元には立体的なリボンがついていた。

「本日はお時間をいただきありがとうございます」

私は深々と頭をさげた。

「いや、いいんですけど」絵美は爪先《つまさき》で毛先をいじりながら言った。「私も家にいると息が詰まるっていうか。しんどい感じなんで。たまには外でお茶したいし」

絵美は現在、生後半年になる子供を連れて実家に身をよせているという。

「今日はうちのママがベビちゃんを見てるんで、お気遣いなく」

ベビちゃんというのは自分の子供のことだろう。妙に大人びた口調で若者言葉を使うから混乱した。話していても、子供っぽい部分と大人びた部分が混在している不思議な人という印象を受けた。

「ファミレスのバイトで将也と出会ったんですよ。私がバイトしていた店に、将也とか、職場の人たちがよくきていて。何となく話をするうちに仲良くなって。私はまだ高校生だったから、子供ができたときはうちのママもすっごく驚いて、怒ってた。しかも将也って少年院出てるし？」

こちらの反応をうかがうように上目遣いをよこした。話の続きを待って私は黙っていた。

「でも私は、ママみたいなママになるのが夢だったし、子供ができたのは単純に嬉しかったんですよね。絶対産もうって思った。将也が止めても産むつもりだった。でも将也は喜んでくれて、『俺も父親になるのが夢だった』って。嬉しかったなあ」

絵美は思い出に浸るように、ゆっくりとした手つきで自分の下腹部をなでた。

「私たちは幸せだったんですよ。一年くらい前に、仮谷さんが将也に会いにくるまでは」

絵美は私に、棘《とげ》のある視線を向けた。

ひるみはしなかった。冷静な口調で「どういうことですか？」と尋ねた。

「仮谷さんと会ってから、将也はN少年院の話ばかりするようになりました。駅伝大会がどうの、クリスマス会がどうの。少年院では白米が出ないとか。焼き肉屋でたまに出てくるような麦飯が基本で。あと風呂《ふろ》も二日か三日に一回くらい。夏は暑いし、みんなくさい。あと冬は寒い。暖房のききが悪いから。毛布は一枚追加で配られたけど。たまに出る白米とか、花見のときに出る桜餅《さくらもち》だけが楽しみで……って感じで、思い出話みたいな？　ずっと話してるんですよ。

今までは私が訊いても何も教えてくれなかったのに」

　私と会ったことで、少年院時代の記憶が喚起されたのかもしれない。

「大坂君、私と会ったのをきっかけに、同じ班にいた子たちと連絡をとろうとしたって言ってたけど、それは本当なんですか」

「ええ」渋い顔で絵美はうなずいた。「正直、迷惑でした。それまで『目には目を事件』についても、『まじかーやべえな』くらいの反応だったのに。仮谷さんと会ってからは、何かにとりつかれたように、少年院の話ばっかりして、色んな人に連絡をとって会いにいって」

　仕事が休みの日は、約束がなくても絵美と一緒にすごすのが恒例になっていた。だが大坂君が調べものを始めてからは、休みがあるたびにどこかに出かけていってしまう。口にこそしなかったものの、絵美は不満に思っていたという。

「ある日、すごく暗い顔で帰ってきました。『誰が殺されたのか、分かっちゃったよ』とだけ言いました。事情を訊いても何も教えてくれませんでした」

　絵美に説明するのがおっくうだったのかもしれない。だが私には、大坂君の心情が手にとるように分かった。

　大坂君と最初に会ったのは、「目には目を事件」が発生してから一カ月が経った頃だ。事件はセンセーショナルに報道された。だが公表された情報はほんの一部にすぎない。当時、犯人の美雪が密告に懸賞金を出していたということは報じられていたが、それ以上の情報はなかった。ニュースを見ているだけでは、同じ少年院にいた大坂君であっても、誰が殺された少年で、誰が密告者なのか、分からなかっただろう。

かといって自分で調べてみるほど暇ではなかったはずだ。就職先の仕事に慣れる必要があるし、彼女とのあいだに子供ができた。充実した私生活によって、少年院での記憶は少しずつ過去に退いていっただろう。

だが私と会ったことをきっかけに、事件の真相が気になり始めた。調べていくうちに殺されたのは堂城君だと知る。微妙な上下関係があったとはいえ、少年院で一番長く時間をすごした相手だ。少なからずショックを受けて、暗い気持ちになるのは想像がついた。

「将也はどんどん暗くなりました。口数が減ったし、夜もあんまり寝られてないみたいで。ご飯を受けつけない日も多かった」

「それで、大坂君は急に痩せたの？」

「なんで知ってるんですか」絵美がキッとにらみつけてきた。「まさか将也とまた会っていたんですか」

「一度だけ、追加で話を聞いたことがあるの。そのとき、大坂君が痩せていたからびっくりしたんです。お子さんも生まれて幸せそうに笑っているのに、げっそり痩せているから、どうしたのだろうと思っていたのだけど」

「よく言いますね。あなたのせいですよ。あなたと会ってから将也はおかしくなった。調べものをするようになって。『誰が殺されたのか、分かっちゃった』と言ってからは、ものすごく鬱《うつ》っぽくなって。それで」

絵美は口元を歪《ゆが》ませて、目を伏せた。沈黙が訪れた。ドーナツ店内には有線がかかっていて、流行《はや》りのJ―POPが流れている。場違いに明るい夏の曲だった。

「自殺未遂を繰り返すようになったんですよ」絵美は低い声で言った。「病院にかかってもだめで、薬もあんまり効かなくて、何度も、何度もやるから」

一週間前にも、大坂君は薬物で自殺を試みた。幸い一命をとりとめたものの、再び自殺を試みる危険もあったため、精神科に入院することが決まった。弟でさえ連絡がとれなかったのは、そのためらしい。

「会社を辞めたのは、希死念慮の強まりがあったからなの？」

「いえ、直接的には別の話です。自傷行為をしたり、自殺を試みたりはしていたけど、心療内科に通って治療を続けていたんですよ。でも、医療費控除について職場の経理に問い合わせたことをきっかけに、通院について知られてしまって」

二つ年上の先輩が「お前、メンヘラやったんやな」と話しかけてきたことに激高し、殴りつける事件を起こした。警察沙汰《ざた》にはならなかったものの、大坂君は職場にいづらくなり、仕事を辞めてしまったという。

「また暴力事件を起こして、自業自得といえば自業自得なんですけど。本人は『またやっちゃった』って言って、さらに深く落ち込むようになって。負のスパイラルって感じ」

大坂君が入院したということは事前に聞いていた。初めて耳にしたときから違和感があった。詳しい話を聞いてもなお、違和感は消え去らない。

二回ほど会って話を聞いたかぎりでは、自らの起こした事件について反省を深めているようには見えなかった。被害者への謝罪の言葉は形ばかりだった。きらら殺しについても、「何か問題ありますか?」と開き直っていた。

その大坂君と、心療内科や自傷行為といった言葉がうまく結びつかなかった。

「実は、仮谷さんに訊きたいことがあって、今回お会いすることにしたんです」

絵美が視線を外しながら言った。

「将也は結局、何に悩んでいるんですか?　何に苦しんでいるんでしょう?」

分からなかった。

罪の意識に苦しんでいると言ってしまえば話は簡単だ。だがどうして、どういうことに苦しさを感じているのか。具体的な実感が湧かない。

「その、亡くなったっていう人。少年院で一緒だったっていう男の子が、将也にとってそんなに大事な人だったんですか」

「分からないです」正直に答えた。「私も、分からないです。分かりたいのですけど」

重々しい空気のまま私たちは別れた。

どこかで互いにシンパシーを感じたのかもしれない。その後もたびたび絵美からはメールがきた。多くは育児に関する愚痴だった。たまに大坂君の近況がまじった。数カ月かけて生活リズムを整え、退院に至ったという。今は自宅で療養している。

生活費はもっぱら、絵美がキャバクラで働くことで賄っているそうだ。

あるとき、長いメールがきていた。

件名は『きららのこと』となっている。大坂君本人が書いた文章のようだ。本人に許可をとったうえで、以下そのまま掲載する。


きららのこと、覚えていますか。きららを殺したのは堂城君じゃなくて俺です。そのことを改めて仮谷さんには伝えたほうがいいと思って、メールしました。

どうして俺はきららを殺したのか、今になってやっと分かってきました。

少年院に入ってすぐのころは「やばいことになったな」としか思ってなかったです。学校は退学になるのかなあとか、弟の仕事はどうなるんだろうとか。あと、パクられたって学校の友達に知られたら恥ずかしいなとか。人生終わったなって感じはあった。前科付きってことになるし、これから先、どうするんだろって。もともと先のことなんて考えてなかったのに、急に不安になるのも変な話ですけど。

最初の一カ月くらいは、早く少年院を出ることばっかり考えていました。こんなに息苦しくてつまらない生活はもう嫌だ、外に出て遊びたいって思ってた。鑑別所にいるとき、職員の誰かから、真面目にやってたら早めに出られるけど、ダラダラしてると、何年も少年院にいることになるよって聞いたんです。だから、なるべく真面目にやって、得点を稼いでさっさと外に出ようと決めました。

起きる時間、着る服、やること。全部決まってるので、最初はだるいなとか、気分がのらないなとか思ってたんですけど。やってるうちにのってきて、意外と嫌じゃなかった。楽なんですね。どうせこっちに拒否権はないので、考えなくていいし、言われたことだけやってればいいから。

最初の二カ月は担任の先生と面談したり、ドリルを解いたりしていました。ドリルはなんと、小学一年生の国語から。さすがになめすぎでしょって思ったんですけど、やってみると、知らない漢字も結構あった。「俺の国語力は小学生レベルかー」って先生に言ったら、「やってないものは仕方ない。親にも勉強しろとか、言われなかったんだろ。これからやってけばいいから」って言われて、妙に納得したんです。

両親に恨みは全然ないけど、確かに、「勉強しろ」とか言われたことないし、「学校どう？」みたいな話もなかった。

だから毎日ドリルをやって、先生が丸つけして、「今日はよくできてるな」とか「最近だらけてるんじゃないか？」とか言ってくるのが新鮮でした。うざいなーって思うこともあるけど、嫌じゃなかった。「今日は先生、ほめてくれるかな」って、楽しみに思うようになってました。

ドリルを毎日するってのも、性格的に合ってたんだと思います。やり終わったページとこれからやるページの厚さを比べて「ここまできたなー」って自己満足するのが好きでした。引っ越しのときに使う、プチプチしたシートあるじゃないですか。あれを一個ずつつぶすような気持ちよさがあって、ドリルは好き。

ワカクサ寮を出てミドリ班に入りしばらくすると、メンバーが増えてきました。堂城君と小堺君、雨宮君、進藤君、岩田君。一番多いときで六人になりました。みんな良い奴だけど、俺はなんとなく、最初に会った堂城君に親近感をもっていて、一緒にいることが多かった。

実は堂城君と小堺君は同じ日に入ってきたので、会った日も一緒なんだけど、小堺君はちょっと苦手。いつも不機嫌そうで、むすっとした目をこっちに向けてくるから、関わらないでおこうって思いました。

俺はもともと要領のいいほうなので、こうすれば先生はほめてくれるだろうなっていうことが直感的に分かります。掃除当番をしっかりやったり、大きい声であいさつをしたりしていると、ポイントが高い。コツコツいろんなことをして、月ごとの進級式で表彰されて、ボールペンをもらったときには、マジでうれしかった。部屋に戻ってからも、もらったボールペンを何度も取り出して見ていました。もったいなくて使えなかった。今でもそのボールペンは持っています。

　少年院にきてからは、寮の図書室で本を借りて読むようになりました。新聞広告で見て面白そうだと思った本はリクエストして入れてもらったりもしました。暇だったってのもあるけど、本の内容が分かるようになったってのも大きいです。これまでは正直、知らない単語が多くて、何を言ってるか分かってなかった。けど分からないとも言えなくて、分かってるふりをして、だいたいの意味を想像してやりすごしてたんです。

　毎日できることが増えて、周りもほめてくれて、そうするともっと頑張ろうという気持ちになって、生まれ変わったみたいでした。ドリルみたいに、小学生くらいから人生をやり直している感覚だった。

　それでふと気づいたんです。

　俺って、両親からちゃんと育ててもらってなかったんだなって。それまで気にしていなかったんですけど、あえて考えないようにしていただけかもしれません。父親はほとんど家にいないし、母親は弟の芸能活動にかかりきりで、俺は、弟の邪魔にならないように大人しくしてろってことしか求められなくて。親ガチャで外れを引いていたんだなってやっと気づきました。

　そのくせ、母親は律儀に面会にきて、「子供を心配する可哀想な母親」みたいな演技をして帰っていく。わざとらしさに腹が立って、すごくイライラしました。他の少年たちがうらやましいって思ったのも、この頃からです。暴れて、謹慎処分をくらったこともあります。

　きららを殺したのはこの時期です。

あの犬、誰にでもヘラヘラと尻尾《しっぽ》をふってついてくるんですよ。それがどうしようもなくムカついたんです。ちょっと意地悪して、尻尾にタオルを巻きつけてみたり、残飯を食べさせてみたりしてもおかまいなし。こっちは全然良い飼い主じゃないのに、疑うことなくよってくる。その無邪気な感じが、ちょっと前までの、親を疑ってなかった俺と重なって、すごくムカついたんです。

きららを殺したこと、他人事《ひとごと》みたいに思っていました。どうして殺したのか、自分でも分からなかったから、反省しようがなかった。でも最近になってやっと、どういう気持ちで殺したのか、自分で分かるようになった。酷《むご》いことをしたと思います。きららは何も悪くなかったのに。反省してるというと嘘っぽく聞こえるかもしれないけど、やっぱり、反省している、としか言えません。

自分が起こした事件で、殺してしまった直樹君についても同じように、悪いことをした、取り返しのつかないことをした、って思っています。

更生プログラムのひとつで、自分年表をつくって発表するというものがありました。生まれたときは何も分からなかったからゼロ。小学校にあがるくらいまでは楽しくて、途中から嫌なことがあってさがり、中学に入ってからは友達ができて楽しかったからプラス、事件を起こして少年院にきてからはマイナス……というふうに、自分の状態をグラフで描くんです。それを発表してるときに、死んでしまった直樹君は、このグラフがぷつっと途切れてしまったんだ、ってことに気づきました。頭をガーンと殴られたような衝撃でした。それまでは今一つ、直樹君も自分と同じ人間だって感じがしていなかったんです。

大変なことをしてしまったと思って、怖くなりました。でももう、どうしようもないんです。謝ったって、直樹君は生き返らないし。

「償いの意味を考える」という授業もありました。「働いてお金を渡す」「謝罪の手紙を送る」「墓参りをする」とか、いろんな意見が出たけど、どれもピンときませんでした。何をしたって死人は生き返らないわけだから、本当にどうしようもないなって思ったんです。

授業のあと、掃除をしているとき、堂城君にこっそり話しかけました。

「どうやったら被害者に償えると思う?」

堂城君は大きな身体を左右に揺らしながら、頭を抱えて、「うーん」とうなった。

「わ、わからない……」

子供みたいに目をぎゅっと閉じて、泣きそうな顔で言った。

「まじめに働く。もう、悪いことしない」

堂城君はフリーズしたみたいに固まってしまって、先生に怒られていました。悪いことをしたなと思いました。でも正直に言うと、少しだけ安心しました。堂城君も、俺と同じことで悩んでるんだなと分かったからです。

前に少し話しましたが、近くの幼稚園に行って紙芝居をしたことがあります。そのとき、子供たちがすごく可愛かった。きららみたいに無邪気で、腹が立つくらい、可愛かった。この子たちはこれからの育て方次第で、どうにでもなるんだろうなあと思ったら、ふっと急に、自分も子供が欲しくなりました。勝手な話だけど、自分が親ガチャに失敗して、少年院で育て直してもらったので、自分の子供ができたら、絶対きちんと育てようって思ったんです。それが自分の更生の証《あかし》かなと思って。

でも、被害者とは関係がない話だし、償いになるかというと、別にそんなことはない。どうしたらいいのか分かりません。

未だに答えは出ませんが、とりあえずは、まじめに生きるしかないと思っています。

4　平成××年（わ）第92号事件

ここで、堂城君が殺害された事件について詳述しよう。犯人として自首したのは、堂城君が殺害した女児の母親、田村美雪だった。

美雪は東京都港《みなと》区白金台《しろかねだい》の閑静な住宅街で生まれた。

父は外交官、母は専業主婦だった。父方の祖父と曾《そう》祖父は近隣で歯医者を開業していた。医院の跡地を売却した金でさらに広い土地を買い、マンションを三棟建てた。その家賃だけでも相当な収入だったこともあり、美雪は何不自由ない贅沢《ぜいたく》な幼少期を送った。

父の赴任にともなって、美雪は幼少期を日仏両国ですごしている。帰国子女枠で有名私立女子大に入学し、インカレサークルで出会った田村晃《あきら》と卒業後、結婚した。

晃は大手建設会社に就職した。東北で二年間勤務し、さらに東京の本社で六年働いた。他の同期が係長に昇進するタイミングで、晃はS県O市の営業所に赴任することになる。美雪と、当時三歳だった娘の有海も一緒だった。

当初、会社からは「一年間だけ、ピンチヒッターとして頑張ってほしい」と言われていたものの、一年は三年に、三年は五年に、ずるずると延びた。

都会育ちの美雪は夫の地方勤務が耐えがたかったようだ。有海の服やオモチャはすべて、東京の両親から送ってもらった。毎週末、有海を連れて京都に出て、有名な知育教室に通わせた。田村家は、入居していた社宅で当然のように浮いていた。

当時を知る住人は語る。

「あそこの奥さんはお綺麗《きれい》で、外にいるときはスンとすましてらっしゃるんやけど。家の中ではどうなんでしょうね。うちは、はす向かいの部屋でしたけど、奥さんの怒鳴り声というのかな、金切り声みたいなのがよく聞こえてきましたよ。旦那《だんな》さんをなじってはりました。それはもう、私の口からは言えんくらいの汚い言葉でねえ」

実際、晃と美雪の夫婦関係は裁判でも論点にあがった。晃は美雪の情状証人として出廷し、美雪が釈放されたのちには必ず同居し、社会復帰に向けて見守っていくと誓った。

「今回の件は、娘の死後、妻を孤立させ、追いつめた私にも責任があります。どうして有海をしっかり見てなかったんだ、お前は専業主婦だろう、他にやることもないのに、子供の世話もできないのか、と私は妻を責めました。彼女を追いつめたのは私です。彼女とともに、罪を償っていきたいです。どうか情状酌量のうえ、執行猶予をつけて、社会の中でやり直させてほしいです」

晃は涙ながらに語った。

ところが検察官からの反対尋問では、しどろもどろになる場面もあった。

「S県にいた頃、あなたは被告人に暴力をふるったことはありますか？」

「いいえ」

「怒鳴ったことは？」

「いいえ」

「では、怒鳴られたことは？」

「まれにあります」

「あなたは、S県の家庭裁判所に離婚調停を申し立てていますよね？」

「……はい」

「被告人と離婚したいと思って、離婚調停を申し立てたわけですよね？」

「あのときは妻が精神的に——」

「はいか、いいえで答えてください。もう一度質問します。離婚したいと思って、離婚調停を申し立てたのですよね？」

「はい」

検察官は論告で、離婚のために具体的な行動をとるほど二人の関係はもともと冷めきっており、被告人の社会復帰に向けて夫によるサポートは期待できないと主張した。

とはいえ、被害者遺族からすると、被告人の更生可能性、あるいは周囲の人間による更生可能性などというものは、どうでもいいことである。被告人が更生可能だからという理由で刑期が短くなるのは許容しがたい。

犯した罪に相応の刑を受けるべきではないか。

つまり、目には目を、ということである。

美雪もそう考えたからこそ、娘を殺した堂城君を、自分の手で殺すことにした。

「やられたから、やりかえしただけ。これでおあいこです」

被告人質問の最後、裁判官から「被告人、何か言いたいことはありますか」と訊かれたとき、美雪はそう答えた。

通常はこの場面で、被害者やその遺族に対する謝罪の言葉、そして更生を誓う言葉を口にすることが多い。だが美雪は最後まで、一言も謝らなかった。これは正当な報復である――という姿勢を崩さなかったのだ。

「減刑は求めません。人を一人殺したときの、相場通りの刑を科してください」

潔い、半ば開き直った態度が賛否両論を呼んだ。子供を殺された親として、犯人を殺したくなるのは致し方ないとして、減刑を求める署名がネットでおよそ三万五千人分集まった。他方で、いかなる理由があろうとも犯罪は許されない、被告人はまったく反省していない、などという批判もよせられた。S県T市の田村家だけでなく、東京にある美雪の実家にまで嫌がらせの電話がかかってきたそうだ。

妻にかわって謝る晃を横目に、美雪は弁護人に何度促されても謝罪せず、裁判を終えることになる。

弁護人からの被告人質問では、情状酌量の余地のある動機だと印象づけるために、有海が殺害された事件について立ち入った質問が続いた。酷とも思われる質問に対しても、美雪は表情を変えることなく淡々と答えた。

「××年×月×日、娘の有海ちゃんは何時頃帰宅しましたか」

「昼すぎ、三時頃です」

「あなたはそのとき何をしていましたか」

「洗濯物を取り込んだり、洗い物をしたり。家事ですね」

「有海ちゃんはその後、どうしましたか」

「友達と公園で遊ぶと言って、出かけていきました」

「公園というのは、S県T市××町三丁目十六の中央東公園のことですか」

「はい、そうだと思います」

「有海ちゃんが出かけるとき、あなたは何と声をかけましたか」

「『夜ごはん、何食べたい？』と訊きました」

「有海ちゃんは何と答えましたか」

「元気よく『餃子《ギョーザ》！』と言いました。あの子は当時、餃子にハマっていたんです」

「あなたは何と返しましたか」

「『五時までに帰りなさい』と言いました」

「有海ちゃんは」

「生意気な口調で、『分かってるって』と言いました」

「それが有海ちゃんから聞いた最後の言葉になったわけですね」

「はい」

「それからあなたは何をしましたか」

「餃子をつくりました。有海はピーマンが苦手だったので、ピーマンを細かく切って、こっそりタネに交ぜました。好き嫌いがあると、大きくなったときに困るので、ピーマンを食べられるようになってほしかったんです」

「その後、午後五時すぎに、あなたは電話をしますね？」

「はい」

「どこにかけたんですか」

「有海に持たせていたキッズケータイに電話をしました」

「つながりましたか」

「いいえ、つながりませんでした」

「その後、あなたはキッズケータイのＧＰＳ機能で有海ちゃんの居場所を確認しましたね？」

「はい」

「ＧＰＳでは、有海ちゃんはどこにいると表示されていましたか」

「中央東公園となっていました」

「それからあなたはどうしましたか」

「中央東公園に向かいました」

「有海ちゃんはいましたか」

「見渡したかぎりだと、いませんでした」

「でも、キッズケータイのＧＰＳは中央東公園を指しているわけですよね？」

「はい。ただ有海はこれまでもキッズケータイを二回落としたことがあります。友達と遊んでいるうちにケータイを落としたのかもと思いました」

「それで、あなたはどうしましたか？」

「公園の中をぐるっと歩いて回ったら、国道側にある公衆トイレの前に、有海のキッズケータイが落ちていることに気づきました」

「公衆トイレの前というのは、より正確に言うとどこですか」

「男子トイレの入り口のところに落ちていました」

「それを見て、あなたはどうしましたか」

「まずは女子トイレの中を確認しました。いませんでした。その後、もしかしてと思って、男子トイレの入り口から中をのぞきました。有海の足が見えました。パンツが見えました。スカートがめくれあがっていました。駆けよって肩を揺さぶりました。有海は驚いたような顔で目を見開いていました。動きませんでした。私が覚えているのはそこまでです。気がついたら病院にいました」

「そのときの様子を、警察からはどのように聞いていますか」

「私は半狂乱になって有海に抱きつき、名前を呼んでいたそうです。記憶はありません」

「当時のことを語るのは、あなたの精神にとって望ましくないと、医者に止められているそうですね」

「はい」

「ですが、今日こうして話してくれたのはどうしてですか」

「私が殺人を犯した動機を、正確に理解してほしいからです。ここにいる弁護士の先生に頼んで、有海が死んだ日について質問してもらいました。私は有海がどういうふうに死んだのか、何度も想像しました。痛かったのか、怖かったのか。代われるなら代わってやりたかった。有海の最期の言葉は『おかあさん』だったそうです。有海は何を言いたかったのか。助けてほしかったんだと思います。でも私は助けられませんでした。だからせめて、有海に代わって犯人に復讐《ふくしゅう》しようと思いました。小学校のとき、習いませんでしたか。自分がされたくないことは、人にしちゃだめだって。殺されたくないなら、殺しちゃだめですよ。殺したのなら、殺されてもいいってことではないですか。目には目を、歯には歯を。死には死をもって償ってもらおうと思ったんです。私が言いたいのはそれだけです」

法廷は静まり返った。O地方裁判所でも一番大きい法廷だった。

最前列に座った法廷画家が鉛筆を滑らせる音だけが響いた。一拍遅れて、記者たちがメモをとる音がした。壇上に座った裁判員たちは、メモをとるのも忘れて、食い入るように美雪を見ていた。洟《はな》をすする裁判員もいた。

法廷内は美雪に同情的な空気で満たされていた。

愛娘《まなむすめ》を失った美雪を哀れみ、失われた有海の命を惜しんでいる。

だがこれは堂城君殺害についての裁判なのだ。

どうして誰も、堂城君の命を惜しまない？

美雪は、命を奪われた以上、命を奪い返すと決意して、犯行に及んだ。ということは、異なる二つの命は平等であることを前提としている。有海の命を惜しむのであれば、堂城君の命だって惜しむべきだ。

有海の遺族に同情するなら、堂城君の遺族にも同情すべきだ。

私は怒りにうち震えながら、傍聴席の左端最前列でうつむいていた。私の様子に気づいたのは、三つ隣に座っていた法廷画家だけだった。彼は首を伸ばして私のほうを見た。だが私が顔をそむけると、すぐに視線をバーの向こうの美雪に戻した。

美雪は検察官からの尋問に対しても、終始一貫して、無表情のまま冷静に答えた。

「××年×月×日、あなたは以下の文章をＳＮＳに投稿しましたね。（甲）証拠番号10統合捜査報告書を示します」

検察官が書類を手に持ち、美雪の前に指し示した。プロジェクターから投影された画像で、以下の文章が示されていることが分かった。

『××年×月×日、Ｓ県Ｔ市××町三丁目―十六　中央東公園内で、娘の有海、十歳が無惨にも首を絞められ、殺されました。犯人をさがしています。犯人は、犯行当時十五歳の少年でした。そのために、氏名も顔写真も公開されず、Ｎ少年院で一年三カ月をすごしただけで釈放。今ものうのうと生きています。情報求む。有益な情報には謝礼二百万円』

「もう一度訊きますが、××年×月×日、あなたはこの文章をＳＮＳに投稿しましたね」

「はい、しました」

「ここには、犯人は今ものうのうと生きています、と書かれていますね」

「はい」

「のうのうと生きていることが許せないという気持ちがあったということですか」

「はい」

「犯人を見つけ次第、殺してやりたいと思っていた、ということですか」

「はい」

「犯人を殺すために、犯人についての情報を集めたのですか」

「はい」

「情報は集まりましたか」

「はい」

「手紙、メール、電話等、様々な連絡方法があると思いますが、決め手となった情報はどのようにして得たのですか？」

「家のポストに手紙が入っていました。待ち合わせ場所が書いてあったので、情報提供者と直接会って、話をしました」

「情報提供者というのは、誰ですか」

「言えません」

「どうして言えないのですか」

「伏せる約束をしたからです」

「言ったら報復すると脅されているのですか」

「いいえ、脅されていません。口約束もれっきとした約束だから、守るつもりってだけです」

「会った日時、場所などはどうですか」

「言えません」

「その情報提供者は、××年×月×日から××年×月×日までの間に、N少年院第二種、ミドリ班に所属していたことがありますか」

「……はい。うっかり警察署でそう話して、報道されてしまったので、そこはもう隠しません。でも、それ以上のことは言えません」

「犯罪を行う過程で協力してくれた人について証言しないのは、一般的に、犯した罪について反省していないと捉《とら》えられると、知っていますか」

「はい、知っています。犯した罪について、私、反省していません。後悔も、まったく、していません」

「××年×月×日、午後四時四十分頃、あなたはどこにいましたか」

「Y建設という会社の社員寮にいました」

「S県M市にある株式会社Y建設の社員寮ですか」

「そうです」

「あなたはその社員寮で、堂城武史さんの部屋に入りましたか」

「はい」

「鍵《かぎ》はどうしたのですか」

「鍵はかかってませんでした」

「部屋の中で、殺意を持って、堂城武史さんを刺しましたか」

「はい、刺しました」

「何回刺しましたか」

「覚えていないくらい、沢山刺しました。十回以上、いや、二十回以上です」

「あなたと堂城さんとでは体格差がありますが、堂城さんは抵抗しなかったのですか」

「私が殺したとき、堂城は眠っていました。酒の匂いがしました。未成年ですけど、飲んでいたんでしょう」

「堂城さんの部屋を訪ねたとき、あなたは手に包丁を持っていたのですか」

「はい」

「起きている堂城さんに返り討ちにあうとは考えなかったのですか」

「どう抵抗されようと、殺すつもりでいました。抵抗されなかったのはラッキーでした」

「堂城さんが息をしなくなったのを、あなたは確認しましたか」

「はい、確認しました」

「その後、あなたはどうしましたか」

「近くの交番に自首しました」

「交番で何を話しましたか？」

「私のやったことを正直に話しました。情報提供者に関する部分以外はすべて、です」

検察官からの質問が終わったところで、バーの向こうから書記官がよってきて、

「仮谷さん、こちらへ」

と耳打ちした。

私はうなずいて、バーの入り口から、向こう側に進んだ。

「それでは、被害者参加人からの質問に移ります」

検察官が言った。私は弁護士をつけていなかった。検察官席に立って、練習してきた通りに話した。

「仮谷苑子といいます。仮谷は独身時代の名字です。事件後に離婚したもので。結婚していたときは堂城苑子といいました。殺された堂城武史の母です」

堂々とした太い声が出た。

被告人席に立っている美雪はこちらを見向きもしなかった。裁判長のほうに身体を向け、目線は被告人席の机上に落としている。

「あなたは武史を殺したことを反省していないと、先ほど言いました。武史の母親である私に

対しても、同じことを言えますか？」

「はい、言えます。先に、おたくの息子がうちの娘を殺したんですよ」

「それならなおさら、子供を失う悲しみが分かるのではないですか」

「分かります。同じ悲しみをあなたに味わわせたくて、殺しましたから」

「日本では、自力救済、報復が禁じられているのをご存じですか」

「はい。知っています」

「それなのに、なぜうちの子を殺したんですか」

「復讐は違法だと知っています。違法なことをしたので、相応の罰を受けるつもりでいます。殺人罪で処罰してもらおうと、自首したのもそのためです」

「殺された武史があなたのことをどう思うのか、考えたことはありますか」

「別に……考えるまでもありませんから」

何を訊いても暖簾《のれん》に腕押しである。私は苛立《いらだ》ちや怒りを通り越し、もはや茫然としながら質問を続けた。

「武史に対して、何か言いたいことはありますか」

「うちの娘を殺して、憎んでも憎みきれない。殺しても、まだ殺す夢を見る。何度でも殺してやりたい。永遠に苦しみを味わわせたいと思います」

「私もあなたに対して同じ気持ちです」

「そうでしょうね」

「私があなたを殺しても、あなたは文句を言わないということですか」

「いえ。目には目をってのは、綱引きみたいなものです。あなたの息子がうちの娘を殺した。これがマイナス。本来の場所から百メートルくらい綱が動いている。次に、私があなたの息子を殺した。これでマイナスがゼロになった状態です。百メートル引っぱり返して、本来の場所に綱を戻しただけです。そのうえでさらに、あなたが私を殺すと、勘定が合いません。綱が別の場所に行ってしまうでしょう?」

美雪なりの理屈があるらしいが、何が何だか分からなかった。

混乱しながら、すがるように訊いた。

「じゃあ、私は誰を憎めばいいんですか」

「知りません。最初に人を殺したおたくの息子さんの自業自得でしょう」

あまりの物言いに言葉が続かなかった。

震えながら深呼吸をして、なんとか口を開いた。

「せめて、情報提供者について教えてください」

「教えられません」

「情報提供者は、今回の殺人に加担しています。相応の罰を受けるべきです」

「……その必要はないです」

「どうしてですか？　あなたの先ほどの理論、目には目をってのは、どうなったんですか。説明してください」

「言えません」

必死に動悸《どうき》を抑えた。これが美雪と話せる最後のチャンスとなるかもしれない。今踏ん張らないと、一生後悔する。祈るような気持ちで言った。

「それなら、どうか一言でもいいから、謝ってください。あの子はあなたの娘について謝りました。私も謝りました。だからあなたも謝ってください」

「謝りません」美雪は乾いた、低い声で言った。「言葉で謝ったところで、何の意味もないんです。死には死をもって償ってもらった。それだけです」

私は両の拳《こぶし》を握りしめ、全身を小刻みに震わせながら質問を終えた。

これ以上、この女と話しても無駄だとよく分かった。何も反省していない。悪びれていない。

自分が正しいと信じて疑わない。

猛烈な怒りで頭が真っ白になった。いつの間にか傍聴席に戻ってきている。目は見えている。

だが何も見えない。聞こえない。

あの女を殺す、と唐突に思った。

だが殺したくても、あの女はこれから何年も刑務所に入る。

出所したところを殺すか。

殺す——どこまでも追いかけて、あの女を殺す。

死刑になってもいい。

あの女の頭をかち割って、脳みそをぐちゃぐちゃにして、踏んづけて、全身をバラバラに切り刻んで、引き裂いて、犬のエサにしてやる。

——あなたが私を殺すと、勘定が合いません。

美雪の冷たい声が脳裏に響いて、胸に冷たい金属が、ふいにあたったような錯覚に陥った。

——最初に人を殺したおたくの息子さんの自業自得でしょう。

耳をふさぐように頭を抱えた。

武史が悪いのは分かっている。

でも、あの子はあのとき虐められていた。気の弱い子だった。焦ると思わぬ動きをしてしまう子だ。

だからって、人を殺すのか？

事件の前から小さい女の子に悪戯《いたずら》をして回っていたそうじゃないか。

うるさい、うるさい。

あの子はあのとき、学校で虐められていた。ストレスがたまっていたんだ。

虐められているのを知っていて、学校に通わせていたのは誰？

うるさい！

学生のいじめなんて、一時的なものだ。大ごとにせず、適当に流して卒業まで持ちこたえたほうがいい。そうでなくとも武史は幼いころからクラスで浮いていた。いちいち騒いでいたらあの子は義務教育さえまともに受けられなかったはずだ。

あの子がふらふらと散歩に出かけるのを、知っていたでしょ？

うるさいんだって！

散歩に出かけるのは知っていたけど、その先で何をしているかなんて、全然、本当に知らなかったんだから。まさかそんな、女の子に悪戯だなんて。まったく色気づいてもいなかったあの子が……想像するだけでおぞましい。

武史が性的な悪戯をした。人を殺した。

動かぬ事実だ。それはそう。それはそう。それはそう、だって、分かっている。

さすがに私も分かっている。

被害者の母、美雪が武史を憎むのも、分かる。

分かるからこそ、どうしたらいいのか分からなかった。

美雪は武史に対して強烈な殺意を抱いたのだろう。でも、復讐を思いとどまってほしかった。どうか耐えてほしかった。

武史は少年院で自分の罪と向き合っていたはずだ。

仮退院前の意見発表会では、原稿用紙三枚に及ぶ原稿をすべて暗記して、堂々とスピーチをした。

「一生かけて罪を償っていきたい」「請求されている賠償金についても、コツコツ働いて払っていきたい」「やったことは元に戻らないと分かっている。でもせめて、世の中にとって、少しでもためになることをして、誰かの幸せをつくれるように、生きたい」

武史は涙と鼻水で顔をぐちゃぐちゃにしながら話した。その言葉に嘘はなかったはずだ。

死んで当然の人間ではない。これ以上決して罪は重ねない。更生して、生きて、誰かの役に立つはずだった。

「僕はこれまで苦手なことから逃げて、苦手だからしょうがないと自分に言い訳をしていました。でも少年院で、苦手なことでも落ち着いて一つずつ考える訓練をして、パニックになりそうなときはどうしたらいいか学びました。悪いことをしたら正直に人に言う。自分が困っているときも、人に言う。一歩ずつ、成長していきたいと思います。お父さん、お母さん、これまで育ててくれてありがとう。親不孝なことばかりして、本当にすみません。これからは僕がもっとしっかりして、お父さん、お母さんに楽をさせてあげたい。親孝行も、したいと思います。

楽しみにしていてください」

殺さなくてもいいじゃないか。

これからというときだったのに。

殺さなくたって。

繰り返し、繰り返しそう考えてしまう。

親の甘さと言われればその通りだが、どうしてもそう思ってしまう。

美雪が憎い。けど憎みきれない。申し訳ない気持ちも当然ある。すべては武史がまいた種だ。

――じゃあ、私は誰を憎めばいいいんですか。

自分の口から出た質問がぐるりと回って、胸に突き刺さる。

誰を憎めばいい？

ふいに、雷に打たれたような衝撃が身体に走った。

情報提供者だ。

武史を売った少年がいる。そいつは未だ罪を償っていない。

傍聴席でうずくまっていた身体をむくりとあげた。

情報提供者に報いを受けさせなくてはならない。被害者に加害者の身元を知らせたら、報復するに決まっている。武史が殺されるかもしれないと分かっていて、殺されても構わないと思って、金目あてで情報を提供した。これが悪ではなくて何なのだろう。

いってしまえば、情報提供者、少年Bが武史を殺す引き金を引いたのだ。美雪は拳銃《けんじゅう》の中に込められた弾にすぎない。引き金を引けば、当然に、自動的に飛び出して武史を殺す。

情報提供者、少年Bは武史を裏切った。

しかし、誰なのだろう。そもそもどうして同じ釜《かま》の飯を食べた仲間を売ったのか。罪を犯して少年院に入る子は他にもいる。どうして彼らは報いを受けず、武史だけが報いを受けたのか。

私は知りたかった。だから調査を始め、この手記を書き記してきた。

言語化というのは、つくづく大事なことだ。

一連の取材の中では気づいていなかったが、ここまで手記を書いたところで、誰が少年Bなのか分かってしまった。

脱力した。

ここまで記した内容をもとに、論理的に考えれば分かることだった。

目には目を、歯には歯を。裏切りには裏切りを。

心がすうっと凪《な》いでいくのを感じた。復讐は何にもならないなんて絶対嘘だ。少なくとも、復讐は心に効く。目標があれば人間は生きられる。

私は目標を見つけた。

5　人さがし

N駅の中央改札前で大坂君と待ち合わせた。

やはり痩せていた。ウールのコートから、骨ばった枯れ木のような脚が伸びている。

絵美を通じて面会を申し込んでいた。「最近はかなり元気になったから」という理由で、会えることになった。だが未だに本調子ではないようだ。最初に面会したときの人懐っこい印象は影をひそめ、すっかり老け込んでいる。まだ十代後半のはずなのにおよそ生気が感じられなかった。

連れ立って入った喫茶店は、煙草くさかった。紫煙に目を細めて「店、替える？」と振り返ったが、大坂君は「あぁ」とあいまいな声を出すだけだ。別の店を提案するのもおっくうに感じ、店員に案内されるまま席についた。

大坂君は右肩をより大きく落としている。身体を不自然にかたむけながら、

「人をさがしてるんでしたっけ？」

と言った。声はかすれていた。

尋常ならざる様子に気圧《けお》されたが、遠慮する余裕が私にはなかった。

「大坂君は少年院を出たあと、堂城君以外の四人と連絡をとったって言ってたよね？」

あのとき、密告した少年Bは誰なのか問いただした。大坂君はあごに手をあてながら「分からないんですって」と答えた。あごに手をあてるのは、彼が嘘をつくときの癖らしい。つまりあの時点で、少年Bが誰なのか、大坂君は知っていた。だが私に教えてくれなかった。あのときは恨めしく思ったものの、今となってはどうでもいい。

消去法で考えれば分かることだった。

密告者は、××年×月×日から××年×月×日までの間に、N少年院第二種、ミドリ班に所属していた。これは堂城君を殺した美雪本人が、公判で認めている。

大坂君、小堺君、進藤君、岩田君、雨宮君の五人が容疑者だ。

第一に除外されたのは雨宮君だった。事件当時、雨宮君はまだN少年院にいた。外部と自由に連絡がとれない環境で、密告するのはまず不可能だろう。

大坂君も容疑から外れた。「大坂君が少年Bなの？」と訊いたとき、あごから手を離してハッキリと「俺じゃないです」と答えた。嘘をつくときの癖からすると、これは本当の言葉と信じてよさそうだ。

小堺君も密告者ではない。小堺君は雨宮君から吹き込まれて「堂城君は性犯罪者」と信じていた。美雪が情報提供を呼びかけた文章には「首を絞められ、殺されました」と書かれており、性犯罪については触れられていない。小堺君には、これが武史のことだと分からなかっただろう。

そうすると、残るは進藤君か、岩田君だった。

ずっと決め手に欠けていたのだが、先日の公判でやっと分かった。

美雪は情報提供者と直接会って話をしたが、誰が情報提供者なのかは「言えません」という。「伏せる約束をしたから」らしい。検察官が「言ったら報復すると脅されているのですか」と尋ねると、こう答えた。

「いいえ、脅されていません。口約束もれっきとした約束だから、守るつもりってだけです」

岩田君が話せるようになったのは、少年院を出て半年以上経ってからだ。武史が殺されたのは岩田君が退院してまもなくの時期だった。つまり事件当時、岩田君は口をきけなかった。美雪と「口約束」できるわけがない。

つまり岩田君は密告者ではない。

ということは、密告者は残る一人、進藤君だ。

進藤君が武史の情報を流した。裏切り者だ。どうしてそんなことをしたのだろう。好奇心旺《おう》盛《せい》なわりに、他人には興味がなさそうな人だった。武史に対して恨みを抱いている素振りもなかった。

だが進藤君は、「頼まれたからやった」「どうにかしようと思って動いているだけ」「放っておけないと思った」などと言って、後先を考えずに動く。自分の行動が周りにどういう影響を与えるか、社会的にどういう意味があるかに思いを馳《は》せることがない。結果的に、散々周りに迷惑をかけてから「いつも変なことになる」「悪いことはしていないはずなのに、いつも大ごとになって」「なんで俺ばっかり貧乏くじを引くんだろう」などとこぼす。

きっと美雪が出した情報提供のお願いを見て、「困ってるようだから教えてあげよう」と考えたのだ。被害者遺族に加害者の情報を与える意味も考えずに。

「進藤君がどこにいるか教えて」

冷え冷えとした声が出た。

大坂君は正面に背を丸めて座っていた。顔の肉が落ちたせいか、目だけが異様にぎょろぎょろとして、魚のようだった。顔をほとんど動かさずに視線だけこちらに向ける。

「何するつもりですか」

ほとんどささやくような声だった。

「取材したいだけだよ。最近連絡がとれなくなって困ってるんだ」誤魔化すように言った。

進藤君は失踪《しっそう》していた。母親も居場所を知らないという。

復讐するためだなんて言ったら、協力してくれない可能性がある。あるいは、もし大坂君と進藤君が裏でつながっていたら、進藤君を逃がす手伝いをするかもしれない。

「そうですか」

ホットコーヒーとオレンジジュースが運ばれてきた。私は悠揚迫らぬ素振りでホットコーヒーに口をつけた。怒りや憎しみを悟られてはいけない。冷静に落ち着いて、やりとげなくては。

オレンジジュースのグラスに結露した水滴がぶつぶつと並んでいた。外は寒かったが、店内は暖房がききすぎている。大坂君はあらぬ方向をぼんやりと見て、ジュースには口をつける気配すらなかった。

「進藤君とは俺も、連絡がとれません」「心配していたんです」「このあいだ」「土地を買うってメールがきて」「ちょっと自慢げだったのに」「こっちからメールしても返信がない」

ボソッボソッとぶつ切りに話しはじめた。

「電話もしました」「けどつながらなかった」「向こうのスマホが死んでるみたい」「心配です」「何かに巻き込まれた」「とか」

少しずつ身体が右側にかたむいていく。

じれったく感じて、「じゃあ大坂君は何も知らないってこと?」と訊いた。苛立った雰囲気がにじんでしまったかもしれない。

「……知りません」大坂君はゆっくりまばたきをした。「さがしますか?」

「うん、さがそうと思う。それじゃ」

机上の伝票を手に取ろうとしたら、大坂君が長い指で伝票を押さえた。

「自分のぶん、払います」

「別にいいって」

「あと進藤君、俺もさがします」

そう言うと、細い腕を机に突っ張りながら、のろのろと立ちあがった。

私は思わず目を見開いた。「えっ？　大坂君もさがす？」

「はい、一緒にさがしたほうが見つかりやすいかも。俺も心配なんです。進藤君のこと」

弱々しいのに深く響く声だった。断ったところで大坂君は一人で進藤君をさがしそうだ。知らないところでちょろちょろされると面倒だった。目に見えるところにおいたほうがいいかもしれない。

「いいけど。大坂君、体調は大丈夫なの？」

大坂君は幽霊のように青白い顔をこちらに向け、あごをかきながら「大丈夫です」と言った。


翌日、私たちはルナデイズの関西事業本部にきていた。化粧品をマルチレベル・マーケティング、いわゆるマルチ商法で販売する会社だ。進藤君はこの会社で販売員をしたのち、販売員研修を行う子会社の社長に就任した。

「でも、三カ月前から会社にきていません」

安っぽいパーティションで仕切られた打ち合わせスペースで、中年女性が言った。彼女は名乗りもせず「だから今は私が社長です」と言う。

「連絡つかないんですか？」大坂君が訊いた。

「つかないですねえ」女性は鷹揚《おうよう》に言った。「登記の代表者住所や、会社に届け出ている住所は、ご実家になっています。私たちも訪ねましたが、お母様がいらっしゃるだけで、本人は行方が分からないと言われました」

テーブルの端におかれたスタンドに、ルナデイズのパンフレットが数冊、立てかけられていた。表紙の写真に進藤君が写り込んでいる。不自然なほどに目元をくしゃっとさせて、三日月状に口角を上げていた。

「進藤さんはコミット感が高くて、下の子たちのエンゲージメントを高めてくれるんで、ご一緒させていただいて、私としても学びが多かったんですけどねえ」

女はしみじみと言った。口惜しそうな言い方にかすかな違和感を覚えた。人が一人消えているのだ。普通なら、学びが多かったとか、エンゲージメントがどうだとか話している場合ではない気がする。

パンフレットを手に取った。「これ、頂いていいですか?」

「もちろん。えーっと、仮谷さん、でしたっけ? 進藤さんのご紹介でうちにご興味を持たれたんですってね?」

「はい、そうなんです」にっこりと笑ってみせた。

目顔で促すと、隣の大坂君も緩慢な動きでうなずいた。

「進藤君から『すごい先輩がいる』って聞いてたんですよ。その先輩から商売のイロハを教わって、色々経験させてもらってるって。その先輩に是非お会いしたいなと思いまして」

進藤君は、兄貴分を通じて、絶対値あがりする土地を見つけたと話していた。今ある貯金と借金でその土地を買おうとしていた。その件が失踪と関係があるのではないかと踏んでいた。

「もしかして堅山《かたやま》さんのことですかね？　彼でしたら、このあとセッションに出ますよ。参加されていきますか？」

ちょっとの間、大坂君と視線を交わし、二人同時に「はい」と答えた。

一時間弱待って、「セッション」と呼ばれるものが始まった。託児所のプレイルームのようなカーペット敷きの部屋に大人が十数人、車座になっている。

「堅山さん」と呼ばれた男は、「僕も一メンバーにすぎない。右も左も、上下もない関係性、だからこうして円形に座ってもらいました」と言って、車座に加わった。兄貴分というには小柄で線の細い男で、ヤギを思わせる顔をしていた。

参加メンバーがそれぞれ自己紹介をした。自分の名前と尊敬する人の名前を順番に言っていく。年齢や職業、出身地は「言うな」と事前に注意されていた。

「僕たちは、そういったラベルから自由になって、明日のこと、未来のこと、自分のことを考えていく必要があります。頭をシンプルに、自分と、尊敬する人。その距離だけを見てみましょう」

私の番が回ってきた。「仮谷苑子。尊敬する人は、ハムレットです」

「ハムレット？　シェイクスピアでなく？」

近くの眼鏡の女性が小声で言うと、堅山が「いけません！　言いっぱなしが基本です。質問や批判はNGです」と声を張りあげた。

皆の視線はすでに大坂君に移っている。大坂君は目を伏せながら、

「大坂将也です。尊敬する人は……」消え入りそうな声だった。「青柳主任です」

他のメンバーの顔は一瞬だけ不思議そうな顔をした。「シュニンって何？」と疑問に思うに違いない。だが今さっき堅山が注意した手前、誰も口を挟まなかった。

自己紹介が終わると、次は各人が十年後の目標を発表していく。私は本当のことを言うつもりなどなかった。「今より少しだけでも、周りに優しい気持ちになれたらいいかなと思います」と適当にあいまいなことを言ってお茶を濁した。

大坂君は順番が回ってきても、硬い表情で黙りこくっていた。そういうときは周りは邪魔をせず発言を待つというのが、この会のルールらしい。一分、二分と時間がすぎた。大坂君の額と首筋には脂汗が浮いていた。沈黙に圧迫されるように身を縮ませている。

「目標は、なるべく持たないようにしています。俺には、そういうのが許されないと、思うからです」

絞り出すように言った。

堅山が「そんなことはありません！」と怒ったような顔をした。先ほど「批判はNG」と言ったその口から、唾《つば》を飛ばして言った。

「目標を持っちゃいけない人間なんて、この世に一人もいません。大坂さん、あなたがそういうことを言うのは、逃げではないですか？　本当は喉《のど》から手が出るほどほしいものがあるのに、手に入らないと諦《あきら》めている。いらないと思い込んでいる。結局逃げてるんですよ」

実に頓珍漢《とんちんかん》な説教だった。傍《はた》で聞いているだけでムカムカしてくる。

だが、大坂君はうなだれるようにして「すみません」とつぶやいた。

「いえ、いいんです。認めることが第一歩。ここからですよ。まずは今日、目標を言ってみましょう」

「はい。えっと……とりあえず、十年後まで、生きることを続けたいと思います」

堅山は片頰をぴくりとさせて、あからさまに冷たい目をした。だがすぐに破顔して「おめでとうございます」と拍手を始めた。他のメンバーも戸惑いの色を浮かべながら、一緒になって拍手をした。

大坂君は生気のない顔のまま、床をじっと見つめていた。

セッションは一時間半にわたって続いた。十年後の目標に向けて五年後までに何をしたいか、三年後までに、一年後までに、三カ月後までに、一カ月後までに、そして今日何ができるか。途中で泣き出す人もいた。妻と死別した事情を語りだす人もいる。会社をリストラされた人もいた。それぞれが熱っぽく語る内容に、私はまったく興味が持てなかった。胸にさざ波一つ立たない。起動ボタンを押されるのを待つロボットのように、無感情に解散の時間を待った。

「それでは、本日はお疲れ様でした」という言葉がかかっても、車座になった人たちはのろのろとその場にとどまった。部屋の扉が開き、ルナデイズの社員たちが入ってくる。ペットボトルのお茶を配りながら声をかけはじめた。こういうふうにメンバーを勧誘しているのだろう。

私はさっと立ちあがると、堅山に近づいて言った。

「本日は貴重なお話、ありがとうございました。実は私、進藤正義《まさよし》さんからの紹介で伺ったんです。進藤さんから堅山さんのお話をよく聞いていたので」

「進藤って、マサが?」目に警戒の色が浮かんだ。「ここを紹介したんですか?」

「はい、何カ月も前のことですけど。子会社を任せられて、張り切っていました」

「あー、はいはい、あの時期ね。なるほど」

安心したように表情をゆるめた。

「進藤さん、最近連絡がつかないんです。どこにいるか分かりませんか?」

「えっ、分かんないですよ。そんなの。あいつには期待してたんですけど、途中で妙なトラブルに巻き込まれて。正直こっちも迷惑だったんです」

堅山は頬をぴくりと動かした。不快に感じたときの癖らしい。

「トラブルというのは?」

「いや、よく分かりませんけど。土地を売りたいという人がいたから紹介してやったんですよ。あいつはそれを買ったはずなんですけど。すぐに裁判所から差し押さえみたいなのがきて。なんかあいつ、誰かから損害賠償をしろって裁判を起こされていたみたいなんですよ。そういうのを隠して、僕たちと関わっていたわけ。ハッキリ言ってこれは裏切りですよ」

損害賠償請求訴訟を提起されたとすると、これまでの犯罪の被害者からだろう。進藤君の前科前歴は、特殊詐欺の受け子、同級生の盗撮、窃盗未遂だ。被害者から賠償を求められるとすると、盗撮か窃盗未遂の件だろう。

盗撮の被害に遭った子のうち一人は不登校になり、その後拒食症に罹《り》患《かん》し死亡している。窃盗未遂の被害者男性も、警察からの事情聴取中に心筋梗塞《こうそく》で死亡した。

窃盗未遂の被害者遺族は、大本の原因は進藤君にあるとして、進藤君の罪名を「強盗致死罪」に引きあげるよう署名活動を行っていたくらいだ。

「買った土地を差し押さえられて、進藤さんはどうしたんですか？」

「さあ。彼、バックレたんで。土地を買うのに借金もしてたみたいですし。しかも普通の銀行じゃ貸してくれないから、ちょっとヤバめのところから。それなのに、せっかくゲットした土地を裁判でとられて、困り果てたんじゃないですかね」

さして関心もなさそうに言った。

簡単に礼を言って帰ろうとすると、大坂君がすっと近づいてきた。

「あの、堅山さん。一つ訊いてもいいですか」

先ほどのセッションとは打って変わって、落ち着いた口調だった。

「なんですか」やや苛立った様子で堅山が言った。

「進藤君もあのセッションを受けたんですよね。尊敬する人と、十年後の目標、なんて言ってましたか？」

堅山は「ん？」と低い声で言った。「さあ、何だっただろうな」

進藤君の目標なんてどうでもいいじゃないか。私は冷ややかな目を大坂君に向けた。

「お願いです、教えてください」大坂君が頭をさげた。殊勝というか、健気《けなげ》というか、痛々しさすら感じた。

「はあ……マサはそうだなあ。尊敬する人はお母さんって言ってた気がする。十年後の目標も親孝行だったはず」

「そうですか」半ば強引に訊いたわりに、大坂君の反応は乏しかった。少し悲しそうに目を伏せただけである。

尊敬している人はお母さん、目標は親孝行。ありきたりともいえる答えだ。だが今になって、進藤君がそう語ることの異様さに気づかされる。

進藤君の母親は、息子が失踪しても放っておくような人だ。厄介者がいなくなって清々したようなニュアンスすらあった。しかもしつけと称して叩くこともあったようだ。家に出入りしている男が進藤君に暴力を振るい、アザになるほどの傷をつくっても放置している。

そんな女でも、進藤君にとっては唯《ただ》一人の「お母さん」なのだ。そう思うと、込みあげるものがあって狼狽《ろうばい》した。

でも決して、同情してはいけない。自分に言い聞かせた。

裁判で見た美雪の姿を脳裏に思い浮かべた。「犯した罪について、私、反省していません」と言い切った、あの憎らしい女。「おたくの息子さんの自業自得でしょう」なんて、涼しい顔でいけしゃあしゃあと言った。両脇から締めあげられるように頭がぎりぎりと痛んだ。首筋にじっとりと汗がにじむのを感じた。

密告者も殺人者と同罪だ。

進藤君が密告しなければ、武史は今頃生きていた。美味《おい》しいご飯を食べて、温かい風呂に入り、普通に暮らしていたはずだ。やりたいことはいっぱいあったはずだ。仮退院前の意見発表会では「これからは僕がもっとしっかりして、お父さん、お母さんに楽をさせてあげたい。親孝行も、したいと思います」と話していた。

そうだ、武史だって親孝行をしたかった。進藤君のせいでそれが阻まれた。進藤君だけ親孝行をするのか。頭がこんがらがり、何が何だか分からなくなってきた。だが思考を重ねるたびに、怒りの気持ちは積みあがる。腹の底から喉元までみっちり怒りが充満したら、スコンと冷静になった。

ルナデイズの社員が満面の笑みで近づいてきた。にっこりと笑い返し、堂々と一礼する。かけられた言葉をすべて無視して部屋を後にした。

早速、進藤君が起こした事件の被害者をあたることにした。

盗撮事件については、被害者のうち事件後不登校になった二人の女の子の連絡先を押さえてあった。当時の同級生をしらみつぶしに取材して、口の軽い人をさがしあてたのだ。当時の連絡網を譲ってもらうことに成功した。

だが、二人のうち一人の電話番号はすでに使われておらず、もう一人の母親には「あの事件のことはもう忘れたいんです」と言われた。

拒食症に罹患して亡くなった子の母親だった。

「あの子の姉が、今度結婚するんです。あの子のことはお相手さんには伝えていません。ですから、今さら波風を立てたくないんです」奥歯にものが挟まったような物言いだった。

娘が受けた屈辱を許せるはずがない。けれども上の子のために感情を抑えている。事件を忘れたいということは、裏返すと、未だに忘れられないということだ。

「全部、加害者が悪いのでしょう。復讐したいと思わないんですか?」

心からの疑問をぶつけた。

「えっ、復讐、ですか」

電話の向こうで相手が絶句しているのが分かった。息遣いすら聞こえない。

「考えたこと、なかったです。そりゃ加害者の子を恨みましたし、不幸になってほしいと思ったりもしました。けど、自分で復讐を実行に移すってのは、ちょっと、現実的じゃないっていうか」

電話を切ってから、私はしばらく放心していた。

被害にあっても復讐しない人もいる。あたり前の事実に衝撃を受けていた。

むしろ圧倒的に多くの被害者は復讐などしない。実際に復讐に手を染めるのはごく一部の人だけだ。だからこそ「目には目を事件」として世間の注目を集めた。

美雪はやられたらやり返して当然、復讐は正当なものだと言わんばかりだった。全身がカッと熱くなった。多くの犯罪者は復讐されないのに、武史だけ殺されるのはやはり理不尽だと思った。

翌日の昼、大坂君と待ち合わせて、植木直文《なおふみ》という男を訪ねた。進藤君が犯した窃盗未遂事件の被害者、植木の息子にあたる。進藤君の罪を重くするために署名活動を行っていたから、直文の連絡先も住所もすぐに分かった。

五十代前半くらいに見える男だった。進藤君と連絡がとれないと話すと、直文は冷淡に言った。

「天罰がくだったんじゃないですか」

「どこに行ったか、思いあたる場所はありませんか?」

「さあ。分かりませんよ」取りつく島もない様子だ。

「そういえば、損害賠償請求訴訟を起こされていましたよね」

確証はないものの、鎌をかけてみた。男は目を丸くして「もしかして進藤本人から聞きましたか」と言った。

「はい、そのようなことを聞きました」これは嘘だった。相手が納得していることをこちらからひっくり返す必要はないと思った。

「それじゃ、やっぱり訴状は届いていたんだな」男は独り言のようにこぼした。

「送達に何か問題があったんですか？」

「いや、なかったはずなのだけど。進藤は一度も出廷せず、勝訴判決が確定したので。こちらも不完全燃焼だったんです。賠償金の支払い命令が出たところで、向こうは無資力でしょ。二束三文でも売れなそうな原野を持っていたようだから、そこは一応差し押さえましたけど」

差し押さえた土地の登記簿謄本を見せてもらえないかと頼んだ。男は訝《いぶか》しげな顔をしたが、自宅の二階に引っ込んで、登記簿謄本を持って戻ってきた。ことわってから、スマートフォンで写真を撮らせてもらった。進藤君に土地を売った人間の名前と住所が記されている。大きな手掛かりだった。

「この土地をもらうくらいじゃ納得できないですよ。お金の問題じゃないんでね」

「あの」

置き物のように静かに座っていた大坂君が口を開いた。男は意外そうに眉尻《まゆじり》をあげ、大坂君をまじまじと見た。

「進藤君がどういうことをしたら、納得というか、気持ちのおさまりがつきやすくなりますか？」

男は首をかしげて、考え込む様子を見せてから、ため息をついた。

「どうしてほしいのかと問われると難しいですけどね。何をされても許せるとは思えないので。でも、一番は反省してほしいですね。ごまかしたりせずに当時を振り返って、どうしてあんなことをしてしまったのか説明してほしい。そのうえで謝罪ですね。そして、もう二度としないと宣言してほしい。口先だけじゃなくて、心から反省しているんだなって伝わってくれば、僕も、死んだ親父も少しは報われると思うんです」

「復讐したいと思わないんですか？」つい言葉が口から飛び出した。

男はぎょっとした顔でこちらを見て、少しだけ表情をゆるめた。

「そんなことはしないですよ。うちの親父は曲がったことが嫌いな人間でした。僕がそんなことしたら、親父にしかられます。事件の結果死んだのが息子の僕だったとしても、あるいは孫だったとしても、親父なら復讐しないと思いますね。どんな理由であれ、犯罪はよくない。そうでしょ？」

駄々っ子に教え諭すような口調だった。

私はやや茫然としながら家を辞した。

駅に戻る道すがら、大坂君がぼそっと言った。

「仮谷さん、復讐しようと思ってるんですか？」

「え、いや、別に。疑問に思ったから訊いただけ」

誤魔化しきれないと観念していた。だが大坂君は意外なことを言った。

「でも、堂城君を殺した人は刑務所にいるんでしょう。復讐しようにもできませんよね」

「うん、そうね。そう、復讐したいと思ったりもするけど、できないから、折り合いをつけようと思っていて。それでポロッと質問しちゃったのかも」

言い訳のように付け加えた。

復讐のために進藤君をさがしていると勘付かれたら面倒だ。だが幸運にも、大坂君は勘違いしているようだ。復讐の相手はあくまで美雪だと思っている。

「俺だったら復讐するけどな」

大坂君は、低い声でうなるように言った。

「大事な人が殺されたら、俺だったら相手を殺したいと思う。だから俺は、被害者遺族に殺されても文句は言えない。進藤君だって、殺されたほうがいいのかもしれない」

こちらの応答を期待する口ぶりではなかった。黙って様子をうかがっていると、大坂君は深呼吸をして、丸めていた背をすっと伸ばした。反りのある枝を無理にまっすぐにしているような危うさがあった。充血した目をこちらに向けて言った。

「堂城君が殺されたこと、俺は許せません。堂城君がどう思っていたかは分からないけど、俺たちは多分、友達でした」

大坂君は顔をそむけて足元に視線を落とした。

「初めての友達でした」

木枯らしが吹いた。駅前は人が多かった。この日が祝日であることを思い出す。カップルが手をつないで、楽しげに前を通りすぎた。大坂君はつと足をとめた。

「今までだってつるんでいた人はいました。だけどあれは違ったんだなって今なら分かります。堂城君とは、仲良しというとちょっと違う。俺は正直、ひどいことを色々しました。なめてたんですよ。堂城君、何しても怒らないから。ひどいこと言ってもヘラヘラ笑ってるだけで、それがムカついて。でも駅伝大会のとき、こいつすげえなっていう出来事があって。犬を殺したのは俺なのに、堂城君が急に俺をかばって自首したんですよ。訳わかんないコイツって、最初はドン引きした。けど、すごいなって、素直に思った。それからです。堂城君とたまに話すようになりました。堂城君って無口ですけど。喋《しゃべ》らないんじゃなくて、喋るのが遅いだけなんです。ゆっくり相手をすれば、普通に話せる」

「うん、そうだよね」思わず口にしていた。「そうなんだよ。みんなが急《せ》かすからパニックになるだけで」

矢継ぎ早に言葉を投げられると、武史は「あっ、あっ、えっと」などと言うばかりで、それ以上の言葉が出なくなる。言葉の問題というより、思考が停止してしまうようだった。エサを求める金魚みたいに口をパクパクさせて、口の端に泡がたまっていく。授業参観であてられたときも同じだった。見ていていたたまれなくなったものだ。今となってはそんな感情すら懐かしく、愛《いと》おしい。

「武史と、どんな話をしたの？」

少しでも息子の情報に触れて、身近に感じたかった。

「少年院にいた頃は、あんまり。教官の目を盗んでって感じだったんで、今日は寒いねとか、腹減ったとか。そういうの。だけど少年院を出てから、もっと話すようになったんで」

「そうなの？」

驚いて、大坂君の顔をまじまじと見た。大坂君はきょとんとした顔で見返してきた。

「本人は言ってませんでしたか？」

「だってあの子、スマートフォンも持っていなかったし、パソコンもない。連絡のとりようもなくて——」

「俺は、夕方に会社に電話して、取り次いでもらってました。堂城君、土木をやってましたよね。俺も建設会社だったんで、現場は違っても、あがりの時間はだいたい同じなんです。俺は携帯を持っていたから、いつも俺からかけました。駅前のロータリーの端のベンチに腰かけて、電話。二日おきくらいに話した時期もあるし、一カ月電話しないこともあった。まちまちでした」

武史の口から一度も聞いたことがない話だった。会社に電話を取り次いでもらおうという発想もなかった。一カ月に一度、休憩室を訪ねて面会をした。だが武史はボソボソと「大丈夫」とか「元気にやってる」とか言うだけで、会話らしい会話をしていない。

後悔や反省よりもむしろ、くすぐったい嬉しさが込みあげた。

会いにくる親には無愛想だけど、友達とは電話していた。友達の話をわざわざ親にしない。そういう普通の年頃の男の子みたいなことを、武史もしていたのか。

「でも、大したことは話してないです。現場監督がウザいとか、出てくる弁当が米ばっかりとか。そういう愚痴」

「……武史は何か言ってた？」

「たいていは俺の話をウンウンと聞いているだけでしたけど。たまに、今日も失敗したとか、先輩に怒られたとか、そういう話をしていました。力作業は得意だけど、ちょっとでも細かい作業になると、途端にできなくなるみたいでした。堂城君、不器用ですもんね」

大坂君はしんみりと言った。

まだ武史が生きているかのような物言いに、胸が詰まった。

「職場ではいじめられているみたいでした。間違った集合時間を教えられて一人だけ遅刻したり、間違って休んじゃったり。でも本人は『仕方ないよなあ』と言うばかりで、全然怒っていに、ねえ」ないんです。『僕、もう少し、役に立たないとなあ』って、どこか他人事みたいに、呑気《のんき》に言うから、こっちも笑ってしまった。そしたら堂城君も笑う。自分がいじめられてるって話なのに、ねえ」

こちらを見て、困ったような笑いを浮かべた。懐かしい話を思い出したからか、青白い顔にわずかに生気が戻っている。

作業服姿の大坂君が駅前のベンチで背を丸めている姿を想像した。同世代の高校生たちが帰っていくのを見ながら、携帯電話を耳にあてる。会社の隅で、武史は電話を受ける。周りに人がいないことを確かめてから小声で愚痴を言う。

二人だけの夕方が、ゆっくりとすぎていく。

少年たちのぼそぼそ声は確かに存在した。誰からも興味を持たれず、注目もされず、むしろ多分に煙たがられていたはずの少年たちが、一日の仕事を終え、ひっそりと慰め合う。本人が言うように、話した内容はとりとめもないものだったのかもしれない。

でも、武史には友達がいた。

とっさに目元を覆い、こぼれる涙を隠した。ヒクヒクとしゃっくりみたいな声が漏れた。

「堂城君に生きていてほしかった。堂城君を殺した人が憎い。堂城君も人殺しだったのかもしれないけど、そんなの俺には関係ない。俺は、ただ……」

大坂君が言葉を詰まらせた。呼吸を整えているようだった。

「俺はただ、悲しい」

私はうつむいて、両手で顔を覆った。小娘のように泣きじゃくった。

武史が死んで悲しかった。ただそれだけの単純なことだった。あまりにも悲しいせいで混乱していたのかもしれない。

「だからやっぱり、許せないんです。堂城君を殺した人が」

壊れた首振り人形みたいに、私は何度もうなずいた。

一気に感情が吹き出して、言葉が出なかった。悲しくて、憎くて、苦しい。だけどじんわりと身体の芯《しん》が温かかった。

武史には友達がいた。死を悼み、憤ってくれる友達が。

それだけのことなのに、胸がいっぱいになった。

「ありがとう」裏返った声で言った。

大坂君は「別に」と言うと一礼して、改札に入っていった。

せっかく友達ができたというのに。若者らしい生活が始まったばかりで。仕事はうまくいかなくても、前向きに取り組んでいた。それなのに殺されてしまった。

私は軽く目を閉じると大きく息を吸って、その二倍の時間をかけて、ゆっくり息を吐いた。

目を開けると、ありきたりな駅前の雑踏があった。

翌日には、進藤君に土地を売った人の連絡先が分かった。

図書館に行って電話帳を調べた。登記簿に記されている名前と住所をもとに探すと、すぐに見つかった。売主の名前は「富山《とみやま》ヨシ」である。カタカナ表記の名前からすると、高齢女性と思われた。今どきあまり使われない電話帳に連絡先を載せていたのも、昔の名残なのだろう。

電話をかけると、ヨシはすぐに出た。だが耳が遠いらしい。しばらくやり取りをしていると、急に話が通じるようになった。補聴器を入れたのか、音を大きくしたのか、向こうの状況はよく分からなかった。

「売った土地？　そうそう、売ったんですよ。進藤ってひとだったかな。そうかもしれない。なかなか売れなくて困ってたんでね。山の奥のほうの土地だから。青年会に買い手の募集を頼んでたんだが、誰も買いたいと言わない。そしたらその進藤って人が訪ねてきたんだわ。お世話になってる先輩が青年会にいて、その紹介だとか。困ってると言ったら、すぐに買うと言ってくれた。助かりましたよ。どうも、あの土地を元手に商売を始めるらしくって。そんなにうまくいくものかなと思ったんだけど、うまくいったら教えてねと話したんです」

進藤君のことだから、困っている老人を前に、後先考えずに購入を申し出たのだろう。その様子はなんとなく想像がついた。

「でもお金を満額もらえなかったんです。紹介した先輩というのが、何割か持っていった。手数料と考えれば仕方ないけどねえ」

堅山は手数料目あてで土地の売買をあっせんしたのだろう。

「その進藤君と連絡がつかなくて困っているんです。どこにいるか分かりませんか?」

「ああ、分かるかもしれない」

ケロッと言うので、はじめは驚きすらしなかった。意味をつかみ損ねて、音だけが耳を抜けた。数秒してから「えっ、分かるんですか」と言った。鼓動が速まるのを感じた。

「しばらくしてから、ハガキがきた。『おばあさん、元気ですか。僕は色々あったけど、なんとかやってます。どうか僕のことは気にしないでください』って。ちょっと意味が分からなかったけども」

進藤君の思考は独特だ。老人のためを思って土地を買ったものの、その土地は差し押さえられた。財産はなくなり、借金を背負って失踪した。せっかく事業を応援してくれた老人が責任を感じて気を揉《も》むのではないかと考えて、わざわざ「気にしないで」と書いたハガキを送った。相手からすると突然のハガキに戸惑うだけで、事態がちっともつかめないだろう。

「そのハガキ、消印はいつですか?」

「えっ、消印?」

「切手の上に押された丸いスタンプに日付がついているでしょう?」

「ああこれか」ヨシは威勢のいい声で日付を読み上げた。一カ月ほど前のものだった。

「差出人の住所は?」

「書いてない。名前だけ、進藤正義」

「消印の上のほうに、郵便局の名前が書いてあると思うんですけど」

「えーっと、×××だわ」

西日本でも、日雇い労働者が集うことで有名な街の地名だった。

礼を言って電話を切った。

全財産を失い、借金まで背負った進藤君は、取り立てから逃げる目的もあって失踪した。行き場があるわけでもない。一番近い日雇い労働者の街に身をひそめ、肉体労働をしながら暮らしているのだろう。

ルナデイズでパンフレットをもらってきてよかった。進藤君の顔が表紙に載っている。街の酒屋やパチンコ屋で顔写真を見せて回れば、どこの宿に滞在しているか分かるかもしれない。謝礼を弾めば、何かしら情報は集まるはずだ。

復讐の準備は着実に整いつつあった。

ふと、大坂君のことを思い出す。大坂君は進藤君の心配をしていた。居場所を教えたほうがいいだろうかと考えて、すぐに否定した。大坂君だって、堂城君を殺した人が憎いと言っていた。密告者の進藤君に復讐したとして、大坂君から文句を言われる筋合いはない。

スマートフォンをそっと机の上におくと、キッチンに向かった。

シンク下から包丁を、戸棚から砥石《といし》をそっと取り出した。

しゃり、しゃり、しゃり……と、包丁が少しずつ滑らかに、鋭利になっていく。しゃり、しゃり、しゃり、しゃり。私の心は凪いでいた。

明日には決行する。

進藤君は人生の最後に、何を食べるのだろう。

第五章　復讐と贖罪

昼間のドヤ街は、思いのほか陽気な雰囲気があった。

路上には赤ら顔の老人が寝転がり、古いラジオからクリスマスソングが大音量で流れている。誰も聞いている様子はない。道の端に布団を敷いて横になっている者、木の下にただ立っている者、様々である。外国語で言い争うような声が響いてきた。だが、周りの様子を気に留めて身体を起こしたり、振り向いたりする者はいなかった。

公園をぐるりと見回してから、労働福祉センターに向かった。

土地勘はまったくない。しかしだからこそ、ここにきた者が最初にするのは職探しと宿探しだと直感した。未経験者でも、若くて丈夫な身体さえあれば、日雇いの土木仕事にありつけると聞く。あっせんを行っているのは労働福祉センターのはずだ。

灰色や茶色、カーキ色など、黒ずんだ服装をした中高年男性が多い。キャップやニット帽を深くかぶり、背を丸めている。

「ねえちゃん、何しにきたんや？」

小柄な男が話しかけてきた。金壺眼《かなつぼまなこ》をぎょろつかせて、伸び放題のひげの間から、歪《ゆが》んだ口元を突き出し、つくり笑いを浮かべている。

好色そうな不躾《ぶしつけ》な視線で、頭の先から腰のあたりまでねめつけられた。

ねえちゃんと呼ばれるような年ではない。だが男からすると、一回り若い女性というくくりに入るのだろう。

どういう目で見られようとも構わなかった。ダウンコートのジッパーをあげ、トートバッグを持ち直した。バッグの中で、タオルでくるんだ包丁がごろっと動くのを感じた。

「人をさがしてるんです」

「ねえちゃんの旦那《だんな》さんか？　蒸発した男をさがしにくるおなご、たまにおるんや」

「いいえ、息子なんです」息を吐くように嘘をついた。「進藤正義という子で、こういう見た目なんですけど」

トートバッグからルナデイズのパンフレットを取り出して、表紙に載っている進藤君の顔を指さした。

「あー、威勢のいい感じの兄ちゃん？　たまにいるけど、たいてい、すぐどっかに飛ぶで」
二、三の言葉を交わし、男は離れていった。
やはり、このあたりは中高年男性が圧倒的に多い。進藤君くらいの若者なら相当目立つはずだ。訊《き》き込みを続けることにした。

センターの職員をつかまえて「家出した息子をさがしているんです」と頭をさげた。職員はいかにも情が厚い様子で、親身になって話を聞いてくれた。だが肝心の人さがしになると、

「個人情報だから、言えないんです。家出でしたら、警察に言って、調べてもらったほうがいいですよ」

と言って、見かけたかどうかすら教えてくれない。

「若い人は綺麗《きれい》なところに泊まりたがりますから、ホテルサンパレスさんか、ニューパークホテルさんをさがしてみると、いいかもですねえ」

のんびりとした口ぶりだ。

これ以上話していても情報は出てこなそうだった。礼を言ってセンターを出た。

教えてもらった簡易宿所をスマートフォンで検索すると、どちらも徒歩五分程度のところにあった。

足の裏がくすぐったくなるような興奮を覚えた。胸の高鳴りを抑えながら歩き出す。

地に足がついているようで、同時に、浮かんでいるみたいだった。

これから人を殺す。

恐ろしいことのはずなのに、まったく実感が湧かない。罪悪感もない。むしろ、デパートのセール会場に向かうときのような気分の高揚があった。そんな自分を見つめるもう一人の自分

もいて、「大丈夫？　ちゃんとできる？」と語りかけてくる。

トートバッグを外から触り、刃《やいば》の硬い感触を確かめて「大丈夫」と胸の内でつぶやいた。

道の脇には黄色と黒の毒々しい看板がかかっていた。「覚せい剤一掃！」と書かれているが、その文字は日に焼けて薄く、見えにくくなっている。汚い恰好《かっこう》をした老婦人が、背を丸めて電柱の下に立っていた。売春なのか、薬の売人なのか分からない。右足のない男が死にかけのバッタのように道に転がっている。痩《や》せた老人が、野良猫を抱きかかえて、無理にパンくずを喰《く》わせようとしている。

それらのすべてがどうでもよかった。

怖くもないし、怯《ひる》むこともなかった。

ホテルサンパレスで、フロントの中年男に話しかけた。事情を説明してルナデイズのパンフレットを示すと、

「そんな若い子、泊まってませんよ。同じような子が人さがしをしてましたけどね」

「人さがし？」

進藤君は誰かをさがすために、ドヤ街に潜伏しているのだろうか。

「ああ。さっきここにきたんですよ」

「その子、どっちに行きました？」

「あっち」男は指をさした。「公園のほうですね」

もう一つの候補であるニューパークホテルは、公園近くにある。男に礼を言うと、ほとんど駆け足のスピードで公園のほうへ向かった。

息を切らしながら、ニューパークホテルのフロントの女性にパンフレットを見せて尋ねた。

「この人、ここにきませんでしたか?」

「ああっ?」大声で訊き返された。普通ならたじろぐところだが、私は冷静だった。

「この人をさがしているんです」

女はふてぶてしくあごをあげると、「あっち」とだけ言った。

ホテル正面の公園を示しているようだった。

ほとんど飛び込むように公園に入った。

低いフェンスに囲まれている。外側によせるように、自転車が停まっていて、立て看板を分解したような木材が積まれている。木はまばらに生えている。遊具やベンチの類《たぐい》はなく、ただ、砂っぽい地面が広がっているだけだ。

その中央に人影があった。

ひょろひょろと細い。若い男のように見えた。

駆けよると、その影がこちらを振り向いた。

「どうして仮谷さんがここに?」

「そちらこそ、どうして」

私は、茫然《ぼうぜん》と立ち尽くす男、大坂君の顔をまじまじと見た。

うめき声が聞こえて、足元に目を向けた。もう一人の男がうずくまっていた。両腕で頭をかばうようにして、身を硬くしている。顔を見なくても分かった。

進藤君だ。

「これは一体、どうしたの？」

大坂君と進藤君の顔を交互に見た。大坂君は冷たく言った。

「こいつ、また何かやらかすんじゃないかって心配してたんです」とあごで進藤君を示した。

「だって、堂城君を密告したのも、こいつでしょ？」

進藤君を足蹴《あしげ》にして「おい、お前」とうなった。

「さっさと認めろよ。お前が少年B、密告者だ」

大坂君も気づいていたのか。

ふと、コンビニのイートインスペースで大坂君と話したときのことを思い出す。少年Bは誰なのかという質問に大坂君は「分からない」と答えた。だがあのとき、あごに手をあてていた。つまり嘘をついていた。大坂君はあの時点で、少年Bが誰だか知っていたことになる。

「俺じゃない……です」進藤君は絞り出すように言った。「ほんとだって」

殴る蹴るの暴行を加えたに違いない。進藤君は身を低くしながら、右足を引きずるようにして、少しずつ距離を取ろうとしている。

「しらばっくれるなよ。消去法で考えていくと、お前しかいないんだ」

大坂君は右手をポケットに突っ込んで、折り畳み式のサバイバルナイフを取り出した。

日の光を浴びて、小ぶりな刃がきらきらと輝いた。

その美しさにハッとして、雷に打たれたように事態を察した。

そうか、そういうことか。

大坂君と武史は友達だった。「堂城君を殺した人が憎い」「大事な人が殺されたら、俺だったら相手を殺したいと思う」というのは、大坂君自身の言葉だ。

武史を殺害した美雪は刑務所に入っていて、手が及ばない。それならば、密告者の進藤君に復讐《ふくしゅう》しようと思ったのだろう。

私と同じように。

「俺はお前を許さないぞ。堂城君は、堂城君は……」

大坂君は小刻みに震えながら、進藤君に歩みよった。

進藤君は顔をあげた。怯《おび》えた色を見せながらも、キッとにらみ返した。

「良い子ちゃんぶるなよ。大坂君ってさ、堂城君のこといじめてたじゃん。今になってそんなふうに、正論っぽいこと言ったたって、説得力ない」

「違う、違う、違う！」

大坂君は獣のように叫んだ。

「違う！」

「何が違うんだよ」

「意地悪したこともあるけど。だけど。そういうのしか、つるみ方を知らなかった。あのときはそうだった。けど、今は違う」

ナイフを握り直して進藤君ににじりよった。

「お前も頼まれたんだろ？　それで、密告したんだろ。何が起きるかも考えず、得意の人助けで。そのせいで堂城君が殺された。お前のせいだぞ！」

大坂君は右手を振りあげた。ナイフが鋭く光った。

「お前のせいだ！」

その瞬間、私の身体が飛び出していた。

「だめ！」

声の限り叫んだ。「だめだよ。絶対だめ」

大坂君の身体に横からアタックして一緒に倒れ込んだ。

土埃《つちぼこり》が舞いあがり、喉《のど》に詰まった。咳《せ》き込みながら、もう一度「だめ」と言った。

ナイフは五十センチほど先に落ちている。

抵抗する大坂君に体重をかけ、何とか取り押さえる。肘《ひじ》が頬にあたって痛い。もみ合いを続けたら確実に負けるだろう。だが十数秒もすると、大坂君の身体から力が抜けた。

放心したように大の字になって寝転がっている。私は離れた。上半身を起こして、横に尻《しり》もちをついた。

「なんで？　なんで止めるんだよ」かすれ声で大坂君が言った。

答えられなかった。肩で息をしながら天を見あげる。

雲一つない青空が、すこんと抜けていた。日差しはあるが肌寒い。風が吹いても景色は何も変わらない。

なんで。

身体じゅうがガクガクと震えた。私は両手で自分の肩を抱いた。歯と歯がぶつかって、かちり、かちりと音を立てる。頬に温かいものが通るのを感じて、自分が涙を流していることに気づいた。

なんで。

自分でも分からなかった。

身体がとっさに動いた。だめと叫んでいた。考える余裕もなかった。

どうして私は止めたのだろう。

あんなに憎かったのに。武史を死に追いやった張本人だ。

武史はポークカレーが好きで、生煮えのニンジンが嫌いだった。電車の見た目は好きだけど、人混みと騒音は嫌い。字が汚くて、学校でいじめられて、担任の先生にも邪険にされていた。

「お母さん、困りますよ。武史君のせいで、うちのクラスの平均点がさがってるんです。家庭学習に問題があるんじゃないですか」

担任の先生には何度も呼び出された。そのたびに私は、訳も分からず頭をさげた。幼い頃から手のかかる子で、武史が学校に行っているあいだだけ、私はほっとすることができた。面倒ごとを学校に預かってもらっているという気持ちが少しでもあったから、その負い目で頭をさげたのかもしれない。

でも、あのとき本当は言ってやるべきだった。「あの子は精一杯生きているんです。あの子は何も悪くない——」

いや、悪いのだ。悪いこと、最低なこと、取り返しのつかないことをした。だから少年院に入り、挙句、殺された。

訳が分からなかった。

あの子は、あの子は——。

「ほら、あいつ、逃げちゃいましたよ」

大坂君の言葉で現実に引き戻された。振り返ると、進藤君は消えていた。公園を見渡したら、脚をひきずりながら出ていく進藤君の後ろ姿が見えた。

視界がにじんでいる。暴風雨で増水した川のように、次から次へと、とめどなく涙があふれてくる。

「なんで止めるんですか。仮谷さんだって、あいつが憎いでしょう。あいつのせいで堂城君が死んだんですよ」

「それはそうだけど」力なく言った。「進藤君をさがしていたの?」

大坂君は、地面に寝転がった姿勢のまま、うなずいた。

話を聞くと、ほとんど私と同じルートをたどったという。

進藤君が買った土地の登記簿謄本から、売主を特定した。売主に連絡をとり、進藤君がこのドヤ街にいることを突き止めた。

「仮谷さんも同じようにさがしていたんですね。売主のおばあさん、だからあんなこと言っていたのか」

独り言のように大坂君が言った。

売主の富山ヨシは、「同じことを何度も訊かないでくれ」と不機嫌そうな様子だったという。私が電話で話を聞いたあとに、大坂君が同じ用件で電話したためだろう。

ドヤ街では大坂君が先行して動いていた。ホテルサンパレスのフロントの男性が「同じような子が人さがしをしてました」と言ったのは、大坂君のことだった。確かに中年男からすれば、進藤君も大坂君も「同じような子」という感じだろう。

「俺は、どうしても進藤君を許せない。今回は失敗したけど、次は絶対に殺す」

そうだ、絶対に殺す。

心を決めて、家を出てきたはずだ。決意は固かった。迷いはなかった。公園で進藤君一人を見かけたら、声もかけずに刺し殺していたと思う。

それなのに、ナイフを振りあげる大坂君を見たら、勝手に身体が動いていた。

今は憑《つ》き物が落ちたようだった。私の中ががらんどうになっている。仮谷苑子という名前すらしっくりこない。自分の人生の表皮だけが、実感もなく走馬灯のように思い出された。

文具店を営む両親のもとで生まれ育ち、大阪の大学を出て、小さい出版社に就職した。夫となる孝宏とは、会社近くの駐車場で出会った。トラックの運転手をしていた孝宏は、大柄で無口な男だった。トイレ休憩のために停めていたトラックの下に、猫の親子が入り込んで困っていた。私は小さい頃に猫を飼っていたから、多少の心得があった。木の棒を揺らしながら猫の親子をおびきよせ、保護した。猫たちは会社の同僚がもらってくれた。

結婚してすぐに子供を授かった。自然な流れで会社を辞めて、ライター仕事を、小遣い稼ぎ程度に受けるようになる。

生まれてきた息子、武史は手がかかった。耳が遠いのか、話しかけても反応が鈍い。泣き声は人一倍大きい。いつまで経っても寝てくれない。

でも、可愛かった。

夢中になって育てた。辛《つら》いこと、悲しいこともあったはずだけど、あまり思い出せない。T市に引っ越してからは、よく一緒にピクニックに出かけた。唐揚げとか昆布とか、具を沢山入れた大きなおにぎりをつくって持っていった。「爆弾おにぎり」と名づけて、武史は好んで食べていた。

でも今となっては、すべてが幻みたいだ。

結婚したことも、子供がいたことも嘘みたい。

私は一体、誰？

両の手のひらをじっと見つめる。

「分からない」

吐いた息は白くなって、のぼっていった。枯葉を焼いているような焦げくさい臭いがただよってきた。公園の外の路地で、「この野郎」と怒鳴っている男の声がする。カーンッと金属バットで何かを叩《たた》くような音が続いた。

何だか、すべてがどうでもいいような気がした。

百年もすれば、今ここにいる人間はみんな死んでいる。

武史という人間がいたこと、武史に殺された女の子がいたこと、その母親が武史を殺したこと。何もかもが、些末《さまつ》なこととして時間の波に押し流されていくのだろう。

私がここにいて、意味の分からない涙を流していることも。

「帰ろうか」うなだれながら私は言った。大坂君は黙ってうなずいた。

私は疲れ果てていた。

そこからの日々は記憶がとびとびだ。

起きてはいるものの、何をするでもなく、ぼんやりとしていた。一日が長かった。そのわりに、一週間や二週間があっという間にすぎた。

進藤君は被害届を出さなかったようだ。大坂君が暴行罪や傷害罪で捕まったという話は聞いていない。

夜、ベッドで横になると、公園でうずくまっていた進藤君の姿が頭に浮かんだ。

トートバッグから包丁を取り出して、背中に突き刺す。一度抜く。返り血を浴びながら、怯える進藤君を、二度、三度と刺す。血まみれのまま、公園脇の警察署に自首する。新聞もニュースも、この事件を報じるだろう。だが数カ月もすれば騒ぎは落ち着き、忘れられていく。それでいい。そうすればよかった。

今からでも殺しにいこうと、急に思い立つこともあった。だがいざ出かけようとすると、身体が硬くなる。

力なくダイニングにへたり込んでしまう。行動を起こす気力すら残っていないのかもしれなかった。

中古で買った古い二階建ての家は、がらんとしていた。

武史が少年院に入ったあと、私たち夫婦は離婚している。

思えば、逮捕直後はまだ良かった。もともと無口だった夫と話し合う時間が増えた。今後のこと、弁護士のこと、学校のこと、話すべきことが沢山あったから。

夫婦二人で協力して乗り切っている、いざというときに頼りになる夫だと、あの時は思った。

だが夫のほうは別の現実を見ていたらしい。家に帰れば情緒不安定な妻が待ち構えて、話し合いという名の喧嘩《けんか》をふっかけてくる。口下手な夫はいつも気圧《けお》された。家には居場所がない。ストレス発散のために通っていたスナックで、外国籍の若い女の子と話しているときだけ心がほぐれた。日本語が不自由な女の子とは、ちょうどいいペースで会話ができた。妊娠したと言われたときには驚いたが、これであの家から逃げられると思った。

一連の話を夫から打ち明けられたとき、私は怒る気も起きなかった。疲れ果て、どうにでもなれという心持ちでいた。夫が家を出ていったときも何一つ心が動かなかった。

ただ、家が広いなと思った。

ダイニングテーブルの向こうで、夫と息子が大盛りの白飯をほおばっていたのが、ほんの数年前だなんて。信じられなかった。

急なハリケーンに見舞われて、人生を根こそぎ持っていかれたようだった。

私のせい？　母親の育て方が悪かった？　妻としてなっていなかった？

何度も考えてみた。ああすればよかった、こうすればよかったということは、いくらでも思いついた。しかし決定的に間違えたのはいつなのか分からなかった。いつのまにか知らぬうちに、とんでもないところに流れ着いてしまったようだ。

リビングルームに目を向けると、武史が五歳のときに出場した子供相撲大会の表彰状が飾ってある。後にも先にも、武史が表彰されたのはあのときだけだった。

幼いころから不器用で、言葉が出るのが遅く、人の話も一度では理解しなかった。テストでは常に平均点の半分くらいしか取れない。それでも元気に育ってくれればいいと思っていた。

学校でいじめられているのは知っていた。他の保護者から耳に入ったからだ。武史本人が不満を漏らしたことはない。

「大丈夫？」と訊いても「だいじょうぶ」と答えるだけだ。「本当に大丈夫なの？　嫌なことされてるんじゃないの？」と、立て続けに質問をすると頭を横に振って不快感を示す。追い詰めるのもよくないと思って、それ以上追及できなかった。

口下手で、男の子だから、こういうものなのだろうと自分を納得させていた。本当に困ったら頼ってくれるに違いない。じっと我慢して見守ればいいと。

あのとき、何かしていれば変わっただろうか。

変わったのかもしれない。

だけど、どうすればよかったのか。無理やり学校を休ませる？　病院に連れていく？

学校には何度もかけ合っていた。だが学校は「様子を見ましょう」の一点張りだった。「お母さん、そんなにお子さんを、不登校にしたいんですか」とたしなめられたこともある。武史本人は、学校に行きたがっていた。それを止めることはできなかった。

武史が殺した女の子のことを思う。

まだ十歳だった。楽しいことがこれから沢山あったはずなのに。訳も分からぬまま、乱暴に命を奪われた。

申し訳ない、殺人犯の母親として責任を感じている——と、頭をさげたい気持ちはやまやまだった。実際に何度も謝罪を申し込んだ。だが被害者遺族は一切の謝罪を拒否した。その気持ちも痛いほどに分かった。

法廷で相まみえた美雪のことは、憎くて仕方なかった。武史を殺した張本人なのだから。

だけど私は、美雪の気持ちが誰よりも分かる気がした。

私たちは二人とも、子供を失った母親だった。

こんなに早くお別れがくるのなら、武史にもっと美味《おい》しいものを食べさせておけばよかった。

色んな所に連れていけばよかった。少しぐらい贅沢《ぜいたく》させてやりたかった。

思い起こすと、後悔の念ばかりが頭をもたげる。

今からでもできることがあるじゃないか。頭の中でささやく声がする。裏切り者に死を、密告者に復讐を。そう考えるたびに、どうしてだか、「俺じゃない……です」「ほんとだって」という進藤君の言葉が脳裏に響いた。

のどに刺さった小骨のように、どうも心に引っかかる。

公園で進藤君を追い詰めたのを思い出す。

進藤君はあんな局面で嘘をついていたのだろうか。命乞《いのちご》いのために言い逃れをしようとしたのか。充分にありえることだった。進藤君は、すぐバレると分かっていても、その場しのぎの嘘をつくような人間に見えた。

だがもし、進藤君が嘘をついていなかったら？

N少年院ミドリ班のメンバーを順番に思い浮かべる。

大坂君、小堺君、進藤君、岩田君、雨宮君。

雨宮君は、事件時に少年院にいたから密告はまず無理だ。院外とやり取りする手紙の内容は職員がすべて確認するし、面会にも職員が立ち会う。特別な符号や暗号を使えば、情報提供も可能だが、やはり現実的ではない。

岩田君も無理だ。改めて岩田君の父親と連絡をとって、いつから発話が可能になったか確かめた。事件当時は話すことができなかったらしい。そのせいでアルバイトを見つけることができず落ち込んでいたというから、仮病でもないだろう。密告者と「口約束」をしたという美雪の証言が嘘でない限り、岩田君は犯人ではない。

小堺君は、武史の罪状を勘違いしていた。これも改めて小堺君と連絡をとり、武史の罪名について尋ねたところ「言いにくいですけど、性犯罪なんですよね。二種に入るくらい重い罪ってことは、たぶん強姦《ごうかん》ですよね」と言っていた。未《いま》だに傷害致死罪だと認識していないようだ。

「目には目を事件」についても「被害にあった女の子の母親が復讐した」という理解で、それ以上の関心はなさそうだった。

大坂君は、嘘をつくときにあごに手をあてる癖がある。私をだますために、あえてそう振舞っている可能性もあった。ただ先日、進藤君を責める大坂君の様子を見て、大坂君自身が密告者であるのはありえないように思えた。

となると、残るはやはり進藤君である。

美雪の裁判のときのメモを見返した。美雪は「家のポストに手紙が入っていました。待ち合わせ場所が書いてあったので、情報提供者と直接会って、話をしました」と証言している。

改めて考えると、密告者はどうして手紙に武史の名前や居場所を書かなかったのだろう。わざわざ直接会って情報を伝えている。回りくどい方法をどうして取ったのか。

懸賞金を確実に受け取るために、美雪を呼び出したのかもしれない。だが結局、美雪は懸賞金を支払っていない。懸賞金の支払いの有無は警察の捜査でも争点になった。美雪の銀行口座の金額に変動はないし、物を売却したり、親戚《しんせき》知人に借金を申し込んだりもしていない。美雪の証言通り、懸賞金は支払われていないようだ。

奇妙なことだ。直接会ったなら、懸賞金を受け取ってから情報を提供するはずだ。

美雪が嘘をついているのだろうか。

裁判中、「反省していません」と言い切った女だ。臆《おく》することなく自己に不利な発言をしている。懸賞金に関してだけ嘘をつくとも思えない。けれども確信は持てなかった。

　裁判での、検察官と美雪のやり取りを見返した。


「××年×月×日、午後四時四十分頃、あなたはどこにいましたか」

「Y建設という会社の社員寮にいました」

「S県M市にある株式会社Y建設の社員寮ですか」

「そうです」

「あなたはその社員寮で、堂城武史さんの部屋に入りましたか」

「はい」

「鍵《かぎ》はどうしたのですか」

「鍵はかかってませんでした」

「部屋の中で、殺意を持って、堂城武史さんを刺しましたか」

「はい、刺しました」

「何回刺しましたか」

「覚えていないくらい、沢山刺しました。十回以上、いや、二十回以上です」

「あなたと堂城さんとでは体格差がありますが、堂城さんは抵抗しなかったのですか」

「私が殺したとき、堂城は眠っていました。酒の匂いがしました。未成年ですけど、飲んでいたんでしょう」

「堂城さんの部屋を訪ねたとき、あなたは手に包丁を持っていたのですか」

「はい」

「起きている堂城さんに返り討ちにあうとは考えなかったのですか」

「どう抵抗されようと、殺すつもりでいました。抵抗されなかったのはラッキーでした」

社員寮に入り、武史の部屋に足を踏み入れた。部屋の鍵はかかっていなかった。武史は酒を飲んで眠っていた。抵抗されなかったのはラッキーだったと美雪も述べているが、幸運に恵まれすぎているように思える。

そもそも社員寮に入るには、社員から申請が必要なはずだ。裏口から侵入することも可能だろうが、見つかりにくいルートを美雪はなぜ知っていたのだろう。


メモをもう一度見返して、目が留まった。

――私が殺したとき、堂城は眠っていました。

何気ない言葉だが、かすかな違和感があった。「私が部屋に入ったとき」ではなく「私が殺したとき」とある。

もしかして、美雪が部屋に入ったとき、武史は起きていたのか。

武史が招き入れたとしたら、「鍵はかかってませんでした」という証言にも説明がつく。

美雪は自らが被害者の母親だと名乗ったのではないだろうか。被害者の母親が訪ねてきたら、武史は面会を拒否できないだろう。

そのときふいに、ある可能性に思い至った。

思わず、手にしていたメモを取り落とした。

雷に打たれたようだった。思いついてみれば単純で、それしかないという答えだった。

魂が抜けたようにしばし固まっていたものの、くしゃみをして我に返った。

そういえば、大坂君も。

——お前も頼まれたんだろ？　それで、密告したんだろ。

すべての事情が、唯一《ただ》つの方向を示していた。

大坂君に電話をかけて確認すると、図星だった。

やはり。気を抜くとくずおれそうな身体に鞭《むち》をうち、電話台の下の引き出しからレターセットを取り出した。

ダイニングテーブルに向かい、ペンを取った。

向かいに、武史が座っているような錯覚を覚えた。「お、おかわり」というくぐもった声が聞こえてきそうだ。武史は小さい頃からよく食べる子で、いつも白飯をおかわりした。だから米は毎日沢山炊いた。五歳、十歳、十五歳……それぞれの息子を思い浮かべたが、不思議と大きくなるにつれて記憶がぼんやりしている。

小さい頃は、優しいのんびり屋さんだった。成長するにしたがって、あの子が何を考えているのか、分からなくなった。

そして最後の最後まで、私はあの子の考えを分かっていなかったようだ。

黙々と手紙を書いた。長い手紙だった。


返事がきたのは一カ月以上たった、十二月二十八日のことだった。

年末といっても、一人暮らしだと普段と変わらない。玄関先のポストに新聞を取りに行くと、茶封筒が入っていた。

差出人は「田村美雪」、差出人住所の記載はない。その場で封を切って、中を検《あらた》めた。便箋《びんせん》が七枚出てきた。便箋の右下、端のほうに桜のスタンプが押されている。「検閲済み」を示すものだと聞いたことがある。

まばゆい朝陽が、便箋の上に降りそそいでいた。かじかむ両手でしっかり持って、びっしりと書かれた文字に視線を落とした。

仮谷苑子さま

手紙は確かに拝受しました。一部黒塗りにされていましたが、あなたのおっしゃりたいことは充分に分かりました。

私のほうも、裁判のときと事情が変わりました。

一審判決が確定し、私はすでに懲役に服しています。再審請求をすることもありません。だからやっと、本当の話をすることができます。

私は嘘をついていません。ただ本当のことを話していなかっただけです。

裁判では色々と言いましたが、私は仮谷さんを恨んでいません。息子の、武史さんのことはもちろん憎かったです。ただ、母親のあなたに責任があるとは思いません。

それに武史さんへの憎しみも、今は徐々に薄れています。やはり自分の手で殺《あや》めたのが大きいのだと思います。

当初は、武史さんが亡くなったところで、うちの有海が戻ってくるわけではないと考えて、やはり彼を恨めしく思いました。よく「取り返しのつかないことをした」などと言いますが、殺人は本当に取り返しがつかないのです。何をしたって、死人は生き返らないし、罪は消えない。

ただ、私が同じ罪を背負うことで、武史さんと同類になれたのが結果的によかったのかもしれません。彼は殺人犯だけど、私も殺人犯です。同じだけ悪いことをしていると考えると、私は彼を非難できない。

正直なところ、かなり救われました。

彼を殺すまでは、毎日毎日、憎しみが身体じゅうに充満して、爆発しそうになっていました。人を恨みながら暗い顔で暮らしても、有海は帰ってこない。でも怒りや悲しみを忘れるのは有海に対して申し訳ない気がしました。死んだ有海をさしおいて、私だけ笑ったり、美味しいものを食べたりして、幸せに暮らすわけにはいかない。

自殺を考えたこともあります。あの世に行けば、有海に会えるかもしれませんから。でも死にきれませんでした。有海や私が死んだあと、犯人がのうのうと生きているのはおかしいと思ったからです。

そこで私は、犯人を殺して、自分も死のうと思いました。覚悟を決めて、情報提供のお願いを出したのです。

懸賞金目あてで沢山のタレコミが入りましたが、今一つ、確証に欠けました。

そんなとき、一通の手紙を受け取ったのです。

手紙には「××年×月×日、午後四時半、Y建設の社員寮、××号室に犯人はいます。北の裏口はいつもあいています。そこから、しきちに入ってください」とありました。

どうして信じる気になったのか分かりません。ただ、指示が具体的だったので、万に一つの確率で、正しい情報かもしれないと思ったのです。

私は包丁を用意して、指定された時間、指定された場所に向かいました。有海殺しの犯人だと確認できたら、刺し違えてでも殺すつもりでした。

指示の通り、北側の裏口から敷地内に入り、××号室に向かいました。部屋の鍵はかかっていませんでした。少しだけ扉を開けて中をのぞくと、四畳半の部屋に、大柄な青年がいました。せんべいみたいに薄い布団の上に、あぐらをかいて、背を丸めて座っている。

青年はおどおどと頭を動かしながら、「入ってください」と言いました。

何かの罠《わな》かもしれないと警戒しました。後ろ手に包丁を握りながら、玄関に立ち入りました。狭い部屋なので、距離を充分に取れません。青年が暴れたら一旦《いったん》逃げられるように、玄関のドアのそばに立ったまま私は言いました。

「あなた、S県T市で、十歳の女の子の首を絞めて、殺した人？」

ストレートに訊きました。青年は「はい」と短く答えた。

やはり犯人だ、よし殺そう。頭ではそう思いました。今すぐに飛びかかって、あいつを刺す。動け、動けと自分の身体に命じた。それなのに、動かなかった。

私はただ、その場でガクガクと震えていたんです。

「僕、堂城武史です」と、青年が名乗りました。「あなたは被害者の母親、田村美雪さんですか？」

はい、とカラカラに乾いた口で答えました。

「犯人の情報を集めるお願い、出していましたよね。あれを見て、手紙、送りました。僕が犯人です」

武史さんは、ぶつぶつと言葉を切りながら話しました。私はあまりに驚いて、口を半開きにしていた。

「じゃあ、あなたが犯人で、かつ密告、というか、情報をよこしたのも、あなた自身ということ?」と訊くのが精いっぱいでした。

彼は目を伏せながら「そうです」と答えた。

「あなたは復讐したいって思ってるんですよね。犯人を、ここここ、殺したいですか」

私は、先ほど素早く殺せなかった悔しさもあり、ややむきになって「もちろん。殺すつもりです」と答えました。

分かりました、と彼は妙に静かな口ぶりで言いました。

「僕、どうすれば、許してもらえるか、ずっと考えていました。許されることはないのだろうと思う。けど、少しでも、被害者が浮かばれて、周りの人も納得がいくようなやり方、ないのかなと思って。考えたけど、分からなかった。情報提供のお願いを見たときに、これだと思いました。犯人が『今ものうのうと生きています』と書いてあったのを見て、被害者の家族は僕を殺したいと思っているんだなと分かりました。それなら僕は殺されたほうがいいと思った」

信じてもらえないかもしれませんけど、彼は確かにこう言ったのです。

「お願いします。僕を殺してください。殺してもらうのが、反省の一番の方法なら、そうします。僕、これからお酒飲みます。先輩からもらったやつ。僕は弱いので、飲んだらすぐに寝ると思います。動かなくなったら、そのまま殺してください。お願いします」

うなだれるように頭をさげました。

止める間もなく、武史さんは酒の瓶をラッパ飲みして、半分くらいまで空けました。すぐに顔が赤くなって、目も充血してきました。「僕が自分から殺してほしいと言ったこと、お父さん、お母さんに、バラさないでくれますか。親孝行をするって約束したのに、破ることになるから……」と言いながら、横になり、そのまま寝息を立て始めました。

私はあ然として、寝ている武史さんを見おろしました。

殺してくれと言われても、すぐに決心はつきませんでした。むしろ一目散にそこから逃げ出したかった。

だけど、ふいに思い出したんです。

有海が死ぬとき、最後に言った言葉が「おかあさん」だったってこと。

私のことを思い浮かべて、私を頼りに思いながら、有海は死んでいった。それならば、私が有海の恨みを晴らさないといけないと思いました。

震える手で包丁を握り直し、武史さんの脇腹を刺しました。あまり深く入らなかったのに「ヒィ」と悲鳴をあげてしまった。私は怯えていたのです。折れそうになる心を何度も奮い立たせて、息を止めながら思い切って、二度、三度と刺していくと、血がどんどん出てきました。

途中、武史さんの身体がびくんと跳ねたときがあって、やはり怖かった。生き返ったのかと思ったんです。それで、念のためにあと五回刺そうと思いました。でも、途中でカウントが分からなくなって、何度も何度も刺しました。

部屋も血だらけだし、私の手足も赤くなっていました。

自分も死ぬつもりだったのに、いつのまにか近くの交番に自首していました。想像以上に人を殺すのが大変で、自分まで殺す余力は残っていなかったのだと思います。

裁判で本当のことを言わなかったのには、二つ理由があります。

一つ目は、武史さん本人に頼まれていたから。もう一つは、被害者の承諾があると、同意殺人罪になって、量刑が軽くなってしまうから。

私はもともと犯人を殺すつもりでした。そのぶんの刑罰はきちんと受けたかったんです。

ただ、もう刑が確定して、執行が始まっています。だからこの点は今は大丈夫。

両親に知らせないでほしいという武史さんの願いは叶《かな》えるつもりでした。ですが、仮谷さんが自分で気づいて、尋ねてきたのなら、正直に答えたほうがよいと判断しました。

裁判でも言いましたが、私は自分がしたことを反省していません。何度同じ状況におかれても、同じようにしたと思います。だけど罪は感じています。悪いことをしたのは事実です。あなたに謝るつもりはありませんけど、あなたが私を恨むのは自由です。

田村美雪

寒空の下、必死になって手紙を読んだ。

家の中に駆け戻り、ダイニングルームで読み返す。何度も何度も読んだ。

まさかと思ったが、そのまさかだった。

少年A、堂城武史こそが、密告者、少年Bだったのだ。

「情報提供者は、××年×月×日から××年×月×日までの間に、N少年院第二種、ミドリ班に所属していた」という情報から、N少年院ミドリ班メンバーに絞られた。

当然のように、被害者である武史を除いて、他の五人を容疑者と目していた。

だが、被害者こそが情報提供者だった。

進藤君以外の四人の容疑が晴れ、進藤君も「俺じゃない」と言うなら、残るはただ一人、武史しかいない。思いついてしまえば、至極単純な話だった。

武史は被害者遺族の復讐を受け入れた。

復讐を受け入れることが、贖罪《しょくざい》になると考えたのだろう。

にわかには納得できなかった。

復讐は禁止されている。多くの人は復讐なんてしない。どうして武史だけ、復讐を受け入れたのか。あの子はいつも不器用で、真面目で、優しかった。幼い子供を殺した者をそう称するのはおかしいと分かっている。でも武史は確かに、優しかった。

複雑なことを考えるのが苦手で、人に助けを求められず、すぐにパニックになる。ない知恵をしぼって考えたのだろう。本当の反省とは何か、どうしたら被害者とその遺族に許してもらえるか。

そして武史がたどり着いた結論が、復讐を受け入れて、殺されることだった。

私は手紙を握りしめたまま、ダイニングテーブルに突っ伏した。

不思議と涙は出なかった。

これまで散々泣いたのに。いざ真相を目の前にすると茫然とするばかりだ。感情が追いつかない。すうはあ、すうはあと、自分の息の音が耳障りに響いてきた。

母親の私が知らないところで武史は成長していた。嬉《うれ》しいのか悲しいのか分からない。困惑と納得が交互に顔を出した。

少年院に入ってから、私は二週間に一度、かかさず面会に行った。何を訊いても武史からは「うん」とか「だいじょうぶ」とか、要領を得ない答えが返ってくる。どういう生活を送っているのか想像がつかなかった。

だが、顔色はそう悪くない。小学校のドリルを解いたとか、お金の使い方を練習する授業を受けたとか、楽しそうに話すこともあった。

体調を崩さず、適切な食事をとり、健やかにすごしているらしい。

生活状況を確認できるだけでも肩の荷が軽くなった。武史が学校に行っていたときのように、武史が少年院に入っているあいだ、私は武史から解放されていた。「我慢して見守る」という言葉を便利に使って、何もしなかった。

今振り返ると、母親として私は何一つ成長していなかった。

武史が少年院を出て働き出してからも、月に一度は職場を訪ねて休憩室で面会した。やはり大した会話は交わされなかった。職場でいじめられていたことも、欠勤が続いていたことも、私は聞かされていなかった。

外食に誘っても、武史は嫌がった。寮の部屋には入れてもらったことがない。職場の先輩たちの視線が気になるらしい。月に一度の面会というルールを律儀に守っていた。会うのはいつも、二人きりの休憩室だった。

年頃の男の子だから母親を遠ざけるのはあたり前だ。定期的に会いにいくだけでも愛情は伝わると思っていた。

しかし実際はどうなのだろう。武史は確かに愛されていると、感じていたのか。何も分からなかった。

武史は一人で決断した。罪を償うために、復讐を受け入れようと。自分の命を捨てようと決めたとき、私や元夫の顔が少しでも浮かばなかったのだろうか。

――僕が自分から殺してほしいと言ったこと、お父さん、お母さんに、バラさないでくれますか。親孝行をするって約束したのに、破ることになるから……。

武史の最期の言葉を思い出した途端、嗚咽《おえつ》が漏れた。

親孝行なんてどうでもいいのに。

ただ、生きていてほしかっただけなのに。

ふいに、職場の隅で電話をとる武史の姿が頭に浮かんだ。

仕事を終えた夕方、唯一の友人、大坂君と世間話をする。そんな日常が細々と続いていくはずだった。それを考えるとやはり悲しくて、胸が塞《ふさ》いだ。

美雪は反省していないと手紙でも繰り返している。一方で、「あなたが私を恨むのは自由です」とも書いてある。

ずるいと思った。

反省していないなら、「恨まれる覚えはない」と突き放してほしかった。

美雪にも、罪悪感で眠れない夜があるのだろうか。それとも、「悪いことをしたけど、反省していない。服役したからいいでしょ」という気持ちなのか。判然としなかった。

武史は反省していたのだろうか。

していたのだろう。反省したからこそ、安直だが、死ぬしかないという結論に至った。

でも本来は、生きて償うこともできたはずだ。罪と向き合い、生活を立て直し、何かしら社会の役に立つ人間になれたのかも、しれない。

その未来を、更生のチャンスを美雪は奪った。

進藤君をさがしているときに出会った被害者遺族の男性が「一番は反省してほしいですね」と言っていたのを思い出す。どうして犯行に及んだのか、ごまかしなく振り返り、説明し、謝罪し、もう二度としないと宣言してほしい、と。口先だけでなく心からの反省を見せてほしいのだと話していた。

あのとき彼が言っていたことが骨身にしみて分かった。

おそらく美雪だって、武史が本気で反省していると分かったことが、救いにつながったのではないだろうか。

それなら次は、美雪の番だ。

一体どうしたら、美雪が罪を自覚し、反省してくれるのだろう。

考え始めると、頭が痛んだ。

答えが出ないままに大晦日《おおみそか》を迎えた。

池のほとりの墓の前で、大坂君と待ち合わせをした。

相変わらず、池の水面《みなも》は濁っていた。周りの木々はすっかり葉を失い、わびしげに林立している。曇った空が覆いかぶさるように迫っていた。高くのぼっているはずの太陽の姿は見えない。今日の午後からしばらく、天気が崩れるらしい。

斜面沿いに並んだ十数個の墓石のうち、一番端の小さい墓の前で足を止めた。

「堂城君は、ここに眠っているんですか」

大坂君が白い息を吐いた。

墓の周りを掃除して、花を替えた。二人とも、必要以上の言葉を交わさなかった。

軽く目をつぶり、墓前に手を合わせた。

武史、すべての謎が解けたよ。到底納得できない結末だったけど、武史のやろうとしたことは分かった。あなたはあなたなりに、答えを出したんだね。

なぜか、三歳くらいの頃の武史を思い出した。泥だらけの手を差し出し、照れたような笑みを浮かべている。夫が抱きかかえて脇をくすぐると、武史は手足をバタバタさせて喜んだ。手の泥が私の頬に飛んだ。幸せだった。今まですっかり忘れていた一瞬の出来事なのに、これから繰り返し思い出しそうな気がした。

目を開くと、大坂君はまだ手を合わせていた。長い指はあかぎれだらけだ。一心に祈るように頭をさげている。

数分して、やっと顔をあげた大坂君に言った。

「武史はあなたに、自分を密告してほしいと頼んだんでしょう」

このあいだ、電話で確認したことだった。

「はい。でも、俺は断りました。生きてやるべきことがあるだろうと言いました。今思うと、薄っぺらい言葉です。被害者遺族のことを本気で考えていたわけじゃない。ただ、被害者遺族に堂城君の情報が渡ったら、堂城君に危険が及ぶかもしれない。そうなると嫌だなと思って、断った。でも、堂城君は自分で連絡をとったら、相手に信じてもらえないかもと思っているようでした。だから俺に、自分を密告するよう頼んだ。俺は断った。だけど結局、誰かが密告して、堂城君が殺されたと知りました。堂城君は、N少年院ミドリ班にいた他のメンバーのうち、誰かに頼んで密告してもらったのだろうと思っていました。それが誰だか、最初のうちは分からなかった」

「私がこの件を調査するのに触発されて、大坂君も調べ始めたのよね？」

「はい。忘れよう、思い出さないようにしようと思っていたのに。仮谷さんから取材されて以来、堂城君のことが頭から離れなくて。体調を崩し始めたのも、そのくらいの時期でした」

確かに、最初に会った頃の大坂君は、少年院が「楽しかった」と言って、てらいもなく笑っていた。しかしその後やつれていった。

「自傷行為に走るくらい追い詰められたのも、武史のことを考え始めたのがきっかけだったの？」

「正直、どういう流れなのか自分でも分かりませんけど。堂城君が死を選んだことを知って、衝撃を受けました。仮谷さんと会って、少年院のことを思い出して。考えるのをやめられなくなった」

大坂君は乱暴に目元をぬぐった。

「堂城君は殺される道を自分で選んだんですよ。じゃあ俺はどうなんだって思ったんです。堂城君くらい、ちゃんと考えているのかって。で、被害者のこととか、その遺族のこととか考え始めたら、夜眠れなくなってきて。自分がやったことのヤバさにやっと気づいたというか。自分が自分で怖くなった。気分はどんどん落ち込んで、食欲もないし、身体もきついし。生きていても仕方ない。というか、自分が生きていては、他の人に迷惑かもしれないと思うようになりました。それで、自殺未遂。病院に通うようになってからも、何度も気分が落ち込みました。その途中で、会社でトラブルを起こして先輩に怪我をさせたり。暴力はよくないと分かっているのに、何度も同じことを繰り返してしまう。それでまた落ち込んで。終わりが見えなくて苦しかった。でも、それでよかったんだと思います。最初のうちは、口で『反省しています』って言ってるだけで、自分でも反省していると思い込んでいたけど、本当のところでは全然できてなかった。こうやって、悩んだり、苦しく思ったりしたのは、あたり前というか……俺にとって、必要なことだったんだと思う」

「でも、進藤君が密告者だと思って、進藤君の居場所が分かった途端、進藤君に復讐しようと思ったんだよね?」

「そうです。急に力が湧いてきて、絶対に進藤君を許さないという気持ちになって。でも本当はそれも、ごまかしだったのかも」

「ごまかし?」

「本当は、堂城君が死を選ぶのを止められなかった自分を許せなかった。あのとき俺がきちんと止めていれば、こうはならなかったのかもしれない。友達、だったはずなのに。何もできなかった。そういう気持ちがあるから、ちょっとでも悪いことをした人がいたら、その人をうんと悪者に仕立てて、叩きたくなったんだと思います」

見覚えのある心の動きだった。

私自身も、武史に何もしてやれなかったという後悔があった。だからこそ、武史を死に追いやった人々を憎むことで、自分の罪悪感をまぎらわそうとした。

「でももう大丈夫です。進藤君には何もしない。進藤君を殺しても堂城君は戻ってこないし。俺は俺で、やるべきことがあるのに、そこから目をそらして楽になろうとしてた。あのとき、仮谷さんが止めてくれてよかったです。ありがとうございます」

大坂君は深々と頭をさげた。

私はポケットに手を入れて、美雪からもらった手紙を大坂君に渡した。

「これ、読んでみてよ」

訝《いぶか》しげな表情を浮かべながら、大坂君は手紙を読み始めた。数分後、大きく息を吐いて、独り言のように言った。

「マジかよ」

顔面が蒼白《そうはく》になっている。ぽかんと開けた口から、白い息があがり、その輪郭をぼやかした。

幽霊のようだった。うつろな目をしながら言った。

「じゃあ、堂城君が全部ひとりで」

足元をじっと見て、何かをこらえるように、口元を引き締めた。

ゆるやかな斜面を、二人並んでゆっくりと下りた。気温はどんどんさがってきた。頬に冷たいものが触れた。自分の肩が白くなっているのを見て、雪が降り出したことに気がついた。

「密告者は進藤君じゃなかった。あのとき、仮谷さんが止めに入らなかったら。また俺は」

大坂君がぼそっと言った。

「また俺は、やってしまうところだった」

無言で歩き続けた。地面をこするような、足音だけが響いた。

「堂城君は本気だった」湿った雪のすき間から、かぼそい声が聞こえてきた。「もう悪いことをやらないように、やってしまったことを償えるように。本気で反省して、考えて……でも、あいつ、バカだ。間違ってるよ」

大坂君が天を見あげた。

白い粉雪がさらさらと、池に吸い込まれるように落ちていく。ほの白い世界で、生きているのは大坂君と私の二人きりのような気がした。

「仮谷さん、お願いがあるんです」

大坂君はこちらを振り返って言った。

「俺、更生しますから。決して再び罪を犯さず、まじめに働いて、世のため人のために良いことをして生きる。俺がいなかった世界より、俺がいた世界のほうがよかったって、神様が思うように、生きるから。だから」

深呼吸をして、再び口を開いた。

「だから、俺が更生していく姿を、美雪さんに伝えてほしいんです。あの人が堂城君から何を奪ったのか、見せてあげるんです」

思わぬ提案だった。

とっさに返事ができなかった。

更生した姿を美雪に見せる。武史もこういうふうになる可能性があったと感じてもらう。美雪が武史から奪ったもの、どんな理由があっても奪ってはいけなかったもの。それを目の前に突きつけられて初めて、美雪は自分のしたことの意味を知るのだろう。

「堂城君の決断は、やっぱり間違っていると思う。それを俺は証明したい」

良いお年を、と頭をさげて、大坂君は歩いていった。

その背中がすっぽり白い世界に消えていくまで、私は見つめていた。

いつも見守ってばかりだ。それがいけなかったのかと悩みもした。だが、見守るしかないこともあるのだろう。

口にせずとも決心は固まっていた。

彼のこれからを見守り、見届ける。おそらく順調に更生するわけではない。それでも彼を見届けようと思った。

雪はどんどん強くなり、ほとんど横なぐりになっていた。傘もささずに、私はひとり、池を見ていた。今日からしばらく雨と雪が続くらしい。晴れ間がのぞくのはいつになるのか。

降りしきる雪は、濁った池に触れた途端、跡形もなく消えていく。降っても降っても、池はどす黒く濁ったままだ。だけど雪は降り続けた。

少年たちのぼそぼそ声は、確かに存在した。彼らは生きていた。愛されることもなく、皆に疎まれながら、しばしば自分で自分を嫌いながら。

それでも生きていた。これからも生きていく。

そして私も。

吹きつける冷たい風を感じながら、そっと目を閉じた。

田村美雪さま

お手紙拝読しました。

目には目を、歯には歯を、手には手を、足には足を。

そして、反省には反省を。

武史の、文字通り命がけの反省を、あなたは受け取ったのではないでしょうか。

次はあなたの番です。

私はあなたに復讐しません。あなたが将来、刑務所から出てくることがあっても、追いかけていって殺したりしません。そう決めました。

あなたには、武史に復讐したことを反省してほしいからです。

武史がいた少年院の班には、他に五人の少年がいました。この手紙に同封する手記は、その五人から聞いた内容をまとめたものです。

今後、定期的にあなたに手紙を書いて、少年たちがどのように暮らしているか、お知らせします。

あなたが武史から何を奪ったのか、社会から何を奪ったのか、知ってほしいのです。

また、手紙を書きます。それでは。

仮谷苑子

本書は、「小説 野性時代」二〇二三年四月号～二〇二四年一月号に
連載したものを加筆修正しました。
この作品はフィクションです。
実在の人物・団体・事件とは一切関係がありません。

新川帆立（しんかわ　ほたて）
1991年生まれ。アメリカ合衆国テキサス州ダラス出身。宮崎県宮崎市育ち。東京大学法学部卒業、同法科大学院修了後、弁護士として勤務。第19回『このミステリーがすごい！』大賞を受賞し、2021年に『元彼の遺言状』でデビュー。他の著書に『倒産続きの彼女』『剣持麗子のワンナイト推理』、「競争の番人」シリーズ、『先祖探偵』『令和その他のレイワにおける健全な反逆に関する架空六法』『縁切り上等！　離婚弁護士　松岡紬の事件ファイル』『女の国会』『ひまわり』などがある。

目《め》には目《め》を

2025年１月31日　初版発行

著者／新川《しんかわ》帆立《ほたて》

発行者／山下直久

発行／株式会社KADOKAWA
〒102-8177　東京都千代田区富士見2-13-3
電話　0570-002-301（ナビダイヤル）

印刷所／大日本印刷株式会社

製本所／本間製本株式会社

ISBN 978-4-04-113380-4　C0093